青春の光と影

在日米軍基地の思い出

佐川和茂 著

はしがき

僕は、『楽しい透析　ユダヤ研究者が透析患者になったら』（二〇一八年）という本を出版した時、反省したことがある。それは、二十代初めより十一年七ヶ月も在日米軍基地で勤務し、せっかく知的刺激の豊かな異文化の状況にいたのだから、毎日課題を決めて、英語でなり日本語でなり、文章をまとめておくべきであった。それなのに、自分に甘く、それができなかったことである。

それでは、こうした反省をいかに活かせるのか。過去を悔やんでいるだけでは、どうしようもない。これを現在にいかに活かせるだろうか。

そこで、遅ればせながら、『青春の光と影　在日米軍基地の思い出』を以下に綴ってゆくことにしたのである。

あれから半世紀が過ぎているが、意外に当時の記憶は鮮明なのである。それは、懸命に青春を生きていたからだろうか。あるいは、学園紛争やヴェトナム戦争など、激動の時代であったためだろうか。

当時に関して、いろいろな鍵語が頭に浮かんでくる。すると、当時の思い出が頭にパーッと広がり、文章が次々に湧いてくるのだ。

加えて、僕は中学時代より独特の日記をつけており、日々の重要事項を記録してあるので、それを再読することによって、多くの鍵語が浮かび上がり、それから記憶がよみがえってくるのである。

当時、生々しい感情を綴っておくことにも意味があったかもしれないが、半世紀を過ぎた現在、ある程度の客観性をもって当時を回想することにも意義があるのではないか。

こうした回想から、定年退職後をいかに生きるか、そしていかに最期を迎えるか、について何らかのヒントが得られるかもしれない。

振り返って見れば、僕は在日米軍基地勤務によって救われたのである。本当にありがたいことだ。本文中にも書いているように、もし十八歳の時より始めた郵便局の勤務を続けていたならば、おそらく僕は倒れていただろう。

二つの米軍基地で合わせて十一年七ヶ月の勤務をしたが、その間に、おかげで僕は夜間大学に通えたし、大学院でも勉強でき、松本亨高等英語専門学校でも学ぶことができた。また、原口塾や錦城学園高等学校で非常勤講師を務めることも可能となったのである。深く感謝している。

ただ、ヴェトナム戦争や学生運動が荒れ狂っていた時代に、僕はいわゆるノンポリ学生として世相のことにあまり関心を払わず、もっぱら自分の求める目標に専心し、在日米軍基地からの恩恵を受け続けていたのである。もっぱら受益者であった。

このことを僕は今になって反省している。それでは、今後、どうすればいいのか。せめてささやかな福祉活動をして、社会に恩返しをすべきだろう。

そこで、定年退職後は、ユダヤ研究、歌、ささやかな福祉活動を生活の三本柱として生きてゆくことにしよう。

目次

郵便局より在日米軍基地へ

さて、千葉県の田舎にあった高等学校を卒業してから、僕は二年間ほど、江戸川区の小さな特定郵便局に勤めた。ところが、そこでの生活がいろいろな面で行き詰まっていた時、一緒に英語を勉強していた友人の紹介で、埼玉県朝霞の米軍基地に勤務することになったのである。ここら辺の事情を振り返ってみたい。

そもそも僕はなぜ郵便局に勤めることになったのか。振り返ると、僕の職業選択はいい加減なものだった。自分はどんな職業に向いているのか、など考えもしなかった。

当時、僕が通っていた県立高校には、進学希望者のクラスが二つあり、他の四クラスはすべて就職組だった。ただし、進学希望者に関して言えば、何しろ田舎の高等学校であったから、都会の大学への進学は厳しく、かなりの者が浪人したようだ。

就職組に関しては、「公務員は安全だよ」という意見が大勢を占めており、僕はそれに便乗していたに過ぎなかった。ただ、僕は年末年始に郵便配達のアルバイトをやっていたから、強いて言えば、そのことも郵便局を選択した理由であったのかもしれない。

もっとも、郵便局が不合格になった場合を考え、千葉県庁も志願した。県庁での面接のとき、僕は雨でもないのに長靴をはき、床屋へも行っていなかったので、髪はぼさぼさだった。面接官は優しい人だったが、長靴とぼさぼさの髪には言及があった。

僕としては、高校時代は自分なりに柔道で苦労し、好きな英語では実用英語検定試験の三級と二級に次々と合格していたので、半分は自信を持ち、半分は破れかぶれだった。

合格率がどの程度のものであったのかわからないが、なぜか、そのような僕でも面接に合格したのだ。しかし、結局、千葉県庁を選ばず、郵便局を目指した。

三月の晴れたある日、大きな寝袋に布団を詰めて担ぎ、僕は国立《くにたち》の郵政研修所に向かっていた。この時も長靴をはき、髪はぼさぼさだった。ただ、今回、国立駅近くの床屋さんで散髪をしてもらった。

研修は二週間くらいだっただろうか。教材が与えられ、僕たちは教官からいろいろなことを教わった。僕たち研修生は、六十名くらいいたと思うが、四名ずつに分かれて、部屋が与えられた。部屋には二段ベッドが二つずつついていた。

ここでも僕の研修態度はいい加減なものだった。何しろ、空き時間には敷地内の林に入って行き、研修内容の予習や復習をするのではなく、NHKラジオ『英語会話』をもっぱら勉強していたのだ。相部屋になった三人とも多くを話さず、独りで勝手な行動をしていた。彼らは「付き合いづらい奴だ」と思っていたことだろう。

このような態度の悪い僕が、良い研修成果を挙げられるはずがなかった。

おそらく、研修成績によって、大勢の従業員が働く本局か、小さな特定郵便局かに、振り分けられたのだろう。相部屋の三人は、確か、本局勤務になったと思うが、まだ薄ら寒い林で英会話の勉強をしていた僕は、江戸川区平井四丁目の特定郵便局に回されることになった。

そこで、市川にあった叔父のカメラ屋の二階に下宿させてもらい、僕は電車で平井駅まで通い、江戸川区平井四郵便局で勤務を始めた。

ところが、郵便局でも僕の英会話の勉強は続き、さらに、そこでの奇妙な人間関係によって、必ずしも円滑とは言えない職業生活が始まったのである。

職場では局長と奥さんと僕の三名きりだった。非常に敏腕な林田さんという局員がいたのだが、家庭の事情で急に退職してしまい、その代わりに僕が入ったのだ。

それまで林田さんにおんぶで抱っこだった状態から、奥さんは急に貯金の仕事を全面的に担当することになった。この奥さんは、この時、赤ちゃんを失ったばかりだったのだ。そのような家庭の不幸に加え、局長の愛人問題でも苦しんでいたらしい。局長は、背が高く、俳優のようにハンサムな人だったが、奥さんのほかに愛人がいたのだ。そうした複雑な夫婦関係の中に、必ずしも郵便業務に熱心でなく、英会話に夢中な僕のような人間が加わったのだから、職場の運営はなかなか大変だった。

たとえば、赤ちゃんを失った悲しみに耐えながら、夫の愛人問題で苦しみ、不慣れな貯金業務に携わる奥さんは、よく金銭の間違いをしでかした。日々の業務が終わってから、集計をし、日報を作成するのだが、貯金業務においては、たとえ一円でも誤差があってはならないのだ。一円の誤差を究明するために、延々と残業をすることもあった。奥さんがあまりしばしば金銭の間違いをするので、局長は、「これでは破産してしまうな」とぼやいていたから、状況は深刻だった。誤差が出た場合、その埋め合わせをするのは、当然、間違いをしでかした本人だったからである。

こうした悲惨な状況を聞きつけて、退職した林田さんが一日だけ助けに来てくれたことがあった。僕は、林田さんのそばで一日勤務して、確かに敏腕な人だなあ、と分かったが、同時に、このような人を失って、家庭の状況が円満でなく、局長夫妻の生活は悲惨なのだなあ、と痛感した。そのような職場で、苦闘していた僕も哀れだった。

ただし、英会話の勉強では進展もあった。NHK『英語会話』の教材を持ち歩き、満員電車の中でも、駅から職場の行き帰りでも、会話の暗記を続けていたから、教材は背表紙が黒ずみ、ぼろぼろになっていた。その教材には都内に散在していた英会話同好会（ESS）の情報が掲載されてあり、田舎に住んでいた時代には縁遠かったものが、急に身近に感じられたのであった。

職場に最寄りの英会話同好会は、平井駅に近い小松川図書館で木曜夜に開催されていた「小松川ESS」であるとわかった。そこで僕は胸躍る気持ちで、その会に参加したのである。

小松川ＥＳＳでは貴重な人々との出会いがあった。貿易会社に勤務していた会長の石井さん、次に会長になったソニー勤務の川田さん、そして鉄工所を経営していた武井さん、ガダルカナル島の戦地を潜った森山さんなどに加えて、芝浦工業大学夜間部を出て、日立に勤務していた宮崎君や、まだ高校生だった増田君などがいた。そのほか、多くの興味深い人々との出会いがあった。郵便局での苦しかった時代に、こうした人間関係が僕を支えてくれたのだ。

ある時、ソニー勤務の川田さんは、ふと僕に話しかけてきた。「君は勉強が好きなんだから、大学院に行って、大学教授になったらいいんじゃないか」。振り返ると、川田さんのこの何気ない一言が、僕の将来を決定したのだ。当時、僕は大学にさえ通っておらず、大学院の存在すら全く知らなかったのだ。ただ、何気ない発言であったとしても、水の中で酸素を求めてあがいているような人間には、強烈に響くことがあるものだ。川田さんには深く感謝している。

また、悲惨な戦地、ガダルカナル島から生還した森山さんのことも忘れられない。彼は、僕の職場の近所にあった鉄工所に勤めていたのだ。そして、たまたま小松川ＥＳＳに向かう道筋に住んでおり、ある晩、僕たちが英語で話しながら帰る姿を見かけたのだった。そこで、彼は、ある日、郵便局に入ってきて、突然奇妙な訛りのある英語で話し始めたので、僕はびっくりしてしまった。

森山さんは、戦争を潜りながら、いろいろな状況で独特の英語を学んだ人なのだろう。ニュージーランド大使館で二等書記官を務めていたジャイルズさんとも交わりがあり、のちに森山さんが小松川ＥＳＳに参加した際、十名くらいの会員を誘って、ジャイルズさんの自宅へ招いてくれたことがあった。ジャイルズさんもその奥さんも、大変な日本びいきの方々だった。人生の山あり谷ありを潜った森山さんは、二等書記官の家族と深い人間的なつながりを持っているようだった。

人生体験の豊かな森山さんは、書くべきことが豊富だった。あとで森山さんと僕が小松川ＥＳＳの広報委員に選ばれた時、森山さんは早速エッセイやその他の記事を書き上げ、それを僕が鉄筆で清書し、郵便局の謄写版で刷り上げ、会員に配ったのだ。

のちに僕がお世話になった小松川ＥＳＳを離れ、埼玉県朝霞の米軍基地に勤務するようになってから、一度だけ森山さんのお宅を訪ねて行ったことがあった。その頃、病気でかなり弱っていた森山さんは、近くの小さな公園のベンチに座って、僕と英語で話してくれた。

それからのち、病気で亡くなる前、森山さんは僕に郵便書簡を送ってくれた。その郵便書簡を今でも僕は大切に保存してある。森山さんは、書いてくれた、「あなたは私にできなかったことを、きっと成し遂げてくれるでしょう」と。森山さんのこの言葉が、夜間大学や大学院を通じて僕の長い苦闘時代を支えたのだ。森山さんには深く感謝している。

ところで、いろいろあったが、郵便局の関係者にも感謝していないわけではない。局長は、「佐川君は英語の勉強さえしなければ、いい人なんだが」とよく口にしており、ある時、郵便局にインド人が入ってきて、訛りの強い早口のインド英語を話し始め、僕が途方に暮れた時、「佐川君、英会話の勉強をしていたんじゃないのかい？」と僕をからかったりしたが、それでも僕の奮闘をそれなりに認めてくれていたのだ。近所の鉄工所に勤める森山さんに関しても、「あの人は夜遅くまでよく働いているねえ」と感心していた。

局長の奥さんもあとで言っていた。「佐川君が仕事でしくじった時、あんなにきつく叱るんじゃなかったわ。私もいろいろ大変だったけど、佐川君には本当に悪かったわ」と。

振り返れば、確かに、僕も仕事に心あらずで失敗は多かったが、それでも時には成功もあったのだ。たとえば、特定郵便局の合同研修会の折、いろいろな客への応対を演劇の形で学ぶ場面があったが、そのようなとき、英会話練習や叔父のカメラ屋での接客練習が役立ち、僕の熱演は研修参加者に好評であった。

また、ある時、郵便局に監査が入ったが、その折にも、叔父のカメラ屋での接客練習が活きて、監査官に「頑張ってね」と優しくねぎらってもらった。そして、監査評価は、なかなか得られないという「A」ランクだったことを覚えている。

ただし、郵便局勤務と英語学習という観点で当時を振り返ると、若さに任せて努力はしたが、やはりいろいろ無理なことが多かった。郵便局の勤務だけで、一日に十時間ほどとられていたのだ。小さな職場であるだけに、八時間勤務というわけにはいかなかった。それに、貯金や郵便の収支が合わなければ、それを解明するために残業をしたのだ。

そこで、職場で日々十時間も緊張して過ごした後は、どうしても疲れ、気が緩んでしまう。当時の日記を読むと、「気が緩んで、時間を多く無駄にしてしまった、云々」という記述が多い。下宿に戻ると、どうしても気が緩み、休日になると、また気が緩み、だらだらと過ごしてしまったのだ。

通勤の往復には満員電車の中でNHK『英語会話』の内容を暗記し、ESSには欠かさず参加していたとはいえ、職場に日々十時間も取られる状況では、効率的な勉強には限界があった。

ところで、郵便局の勤務時代に、一度だけ転職の誘いがあった。それは、郵便局に客としてよく来ていた栄進工機という有限会社の社長さんからだった。彼は、なかなか機転の利くハンサムな人だった。郵便局での人間関係のまずさに気が付いていたのだろう。ある夜、仕事のあとで、社長さんの家に招待された。それほど立派な家ではなかったが、そこで奥さんが作ってくれたカレーライスをごちそうになりながら、社長さんの話を聞いた。

社長さんは、いろいろな局面でなかなか積極的に仕事をしているらしかった。僕に対して、

「あまり人間関係の良くない郵便局を辞めて、うちで働いてみる気はないかね」と誘ってくれた。平井駅から有限会社まで通勤用に自転車を使ってもよいという話だった。

下宿に帰って、市川の叔父とも転職の相談をした。人生経験の豊かな叔父は、「少し冒険じゃないかな」と賛成ではなかった。

結局、有限会社への転職はなかった。しかし、もしその話を受けていたならば、また全く違った人生が展開していたかもしれない。おそらくその有限会社の仕事は、僕が熱中していた英語の勉強とはあまり関係がなかっただろう。有限会社は、社長さんと僕の二人だけという感じだったから、郵便局以上に繁忙期には残業があったかもしれない。僕は、自分が熱中していることに直接関係のない職場でますます時間を奪われていたことだろう。

さて、小松川ESSに加えて、台東区の「サンデーESS」、新宿区の神楽坂を上った「赤城ESS」、そして「中野ESS」など、ぼくはESSを梯子しており、郵便局の業務やその他でかなり疲労困憊していた。逓信病院に行くと、お医者さんに「過労ですよ。まだ若いのに困ったものですね」と言われていた。そのまま郵便局勤務を続けていたら、僕は倒れていたかもしれない。

そうした進退窮まった折に、前述したように、ＥＳＳで一緒に英語を勉強していた友人の紹介で、僕は米軍基地に勤めるようになったのである。その時、平井地区の特定郵便局の関係者が集まって、僕のような者に対して送別会を開いてくれ、最後に「佐川君の将来のために、万歳！」と唱和してくれた。こうした方々にも僕は深く感謝している。自分の夢の追求に夢中だった僕は、多くの人に支えられていたのだ。

僕を朝霞米軍基地に紹介してくれた村形さんについても書いておかねばならない。ある日、勤務中の郵便局に村形さんから電話があったのだ。「おい、朝霞の米軍基地に空いた仕事ができたぞ。受けてみるかい」と。村形さんの言葉は、暗闇が増していた僕の周囲を照らす一条の光のようだった。折よくも、僕はその翌日、有給休暇を取っていたのだ。今から考えると、不思議なめぐりあわせだった。何か人の運命を動かしている神秘的な力が存在しているのかもしれない。

翌朝、僕は早速、朝霞米軍基地まで出かけ、職場の長であったウォーカー軍曹の面接を受け、「君は求人の条件にぴったりだ」と井戸の底から響いてくるような声で言われ、転職が決定したのだった。

窮状から救い出してくれた村形さんには深く感謝している。実は、彼は僕より前に、北区王子の米軍基地に仕事を得ていたのだ。そこでの勤務を始めるとき、彼は話していた。「ESSで一緒に勉強してきたけど、米軍基地の勤務となれば、お前との英語力は雲泥の差になるぞ~」と。僕は村形さんのその言葉に内心恐れを感じていたが、物事は必ずしもそのように運ばなかった。

村形さんのヒアリング能力は少し伸びたようだが、全体的な英語能力にそれほどの進歩はなかったのである。

その理由を僕はこのように考えている。確かに、基地勤務の日本人従業員のヒアリング能力は低くない。それは毎日英語に接しているのだから、当然であろう。ただ、全体的な英語能力となると、必ずしもそれほど高いとは思えない。それは彼らの日々の業務が、それほど高い英語能力を要求していないからだ。そこで、日々の業務遂行にさしたる支障がないほどに英語に慣れてしまうと、それ以上の進歩が止まるのである。

　こうした状況を振り返ると、僕が基地勤務とほとんど同時に中央大学夜間部に進学を決定したことは賢明だった。

　朝八時ころから夕方四時過ぎまでの基地勤務のあと、食事を慌ただしく済ませ、夜間の三クラスに出席することは、必ずしも楽ではなかった。しかも、当時、大学闘争が盛んでありキャンパス内は荒れていたが、それでも英米文学や社会学や文化人類学などの講義に耳を傾けたのは、基地勤務では得られない貴重な体験だったのだ。

　特に英米文学のクラスでそれを感じた。ヘミングウェイ、オーウェル、フィッツジェラルド、ジョイスなど、初めて聞く作家も含めて彼らの作品を原書で読むことで、英語の世界の奥深さを痛感したのである。なにしろ語彙の幅広さが、基地で用いる語彙とまるで違うのであった。

　学生運動に荒れる大学であったが、基地勤務での英語の実際的な運用に加えて、そこでは英米文学という広大な分野に僕の目が開かれたのだ。そして、このことは、ソニー勤務の川田さんの言葉や、ガダルカナルの戦地を潜った森山さんの郵便書簡が、僕の心に芽生えさせてくれた夢に向かって、少しずつ進んでゆくことであった。

「小松川ＥＳＳのメンバーと軽井沢でスケート」

「台東区図書館で活動したサンデーＥＳＳ」

ネオンを潜った夜間大学

米軍基地で仕事を始めたのとほぼ同時に中央大学の夜間部に通い始めたが、それは振り返って見ると、本当に良かった。それをしていなかったら、どうなっていただろうか。おそらく基地の仕事に慣れ、日常的な英語にも慣れ、それで満足していたのではないだろうか。すると、それ以上の進歩はなかったかもしれない。進歩を促さない職場にいたのでは、しりすぼみになるだけだろう。これは恐ろしいことだ。そのまま退職年齢まで勤めていたとしたら、どうなっていただろうか。

もっとも、大学生活は決して順調ではなかった。まず、入学試験の日が大雪だったたし、準備をする余裕もなく受けた入試の結果も良くなかった。なにしろ、米軍基地で勤め始めた慌ただしさの中で夜間部を持つ大学を探したら、たまたま中央大学を見つけたというわけである。入学願書を送ったのも、締め切り間際だった。

しかし、それでもとにかく入学できたのだ。高校時代は就職クラスであり、進学のことすら考えていなかったので、大学へ入れたことは不思議な気持ちだった。

ところが、入学したものの、希望していた英文科ではなく、国文科だった。たぶん、入試の成績があまり良くなかったので、第二希望であった国文科に回されたのだろう。

おまけに、学園紛争のために、一年目は九月まで学園が封鎖されていた。せっかく大学での勉強を楽しみにしていたのに、これはひどいことだった。

ある時は、閉鎖された駿河台キャンパスの代わりに、中野にあった中央大学付属の高等学校で臨時の講義を受けたこともあった。しかし、そこにもゲバ学生が押し掛けてきて、講義を妨害して大声の演説を始め、怒った僕たち一般学生と言い争いになった。

ようやくゲバ学生が去って、大場助教授の古典を中心とした国文学の講義が始まったが、大場助教授の言葉遣いが古く、またその内容も古く感じられて、僕たち学生は戸惑った。僕たちは、当時、古代の日本文学を味わうような教養も余裕もなかったのだ。

それでも、大場助教授なりに努力してくださり、僕たちを文学散歩に導いてくださったりした。

僕はあとで大場助教授の著書を読んでみたが、日本文学に関する幅広い知識に加え、フォークナーなどアメリカ文学にも言及されていたので、感心した。国文学は、それだけで独立して成り立つ学問分野ではないのだ。

また、ある英語クラスでモームの『コスモポリタン』を読んだが、ユーモアを含んだ文体と、教授の機知に富んだ講義に魅了された。

さらに、ある一般教養の英語クラスで、教授が、一つの文章を説明されるのに、四冊ほどの参考文献を挙げていた。「これこそ大学の授業だ！」と僕は感激した。

と言うわけで、一年目は国文科に所属し、それなりに楽しんだが、転科試験を受けて、二年目から晴れて憧れの英文科に移った。

さすがに英文科なので、夜間部とはいえ、ヘミングウェイの『武器よさらば』、ジョイスの『ダブリンの人々』、オーウェルの『カタロニア讃歌』、フィッツジェラルドの『偉大なるギャッツビー』、ドラブルの『滝』など、いろいろ原書や注釈書を読む機会が増えた。

ただ、やはり英米文学は難しかった。僕たちは人生経験も乏しいし、英語力もきわめて不十分であり、おまけに正規の仕事やアルバイトに追われ、予習や復習の時間も限られていた。文学作品を十分に味わえる条件が決定的に不足していたのだ。

教授たちは、さぞかし僕たちに失望したことだろう。クラスによっては、欠席者も多く、寂しいクラスに入ってこられた教授の足取りは重かった。

それでも僕たちなりに努力し、小林専任講師にお願いして読書会の顧問になっていただき、日光で文学作品を読む合宿をしたりしたが、日光の険しい道のように、英米文学を読む道は遠く曲がりくねっていた。

振り返って改めて思うが、そもそも日本人が英米文学を理解しようとすること自体が難事業なのだ。言葉も歴史も宗教も違うのだ。仕事やアルバイトに明け暮れ、青春の光と影を生きていた僕たち学生は、英米文学にがっぷりと取り組む余裕もその準備もなかった。たとえば、『アメリカ文学史』の講義要綱には、翻訳でもよいから読んでおくべき作品リストが挙げられていたが、僕たちはそのほとんどを知らなかった。もっと時間や熱意があれば、それらの作品に次々と挑戦し、読んで考えていたかもしれないが、当時はとても無理だった。

また、英米文学をある程度理解しようとすれば、その下敷きになる日本文学の素養が必要だと思うが、この場合も、僕は日本人でありながら、子供時代より日本文学に触れたことが少なかったように思う。

このように英米文学に関してもきわめて不備であったことに加えて、心理学や文化人類学や社会学など、いわゆる一般教養の講義も僕たちの耳に十分届かなかった。僕などはこれらの科目に多少の興味はあったが、関連文献を読み、講義を聞いて問題意識を高めようとする態勢にはなかった。

教授たちはそれなりに努力してくださったと思うが、ただ、振り返って見て残念に思うことがある。それは、教授のどなたでもよいから、一言次のように僕たちに語りかけていただきたかったことである。「君たちが受講している社会学や美術や心理学などの一般教養の講義も、君たちが専攻している文学に関係があるんだよ。君たちがどういう生涯の運営計画を築いてゆくにせよ、各講義から学んだ要点を、君たちの生涯運営計画に集約していったらどうかな」と。

当時、青春の光と影を生きていた僕たちは、何らかの焦点を必死に求めていたのである。僕たちは頼れるものが欲しかったのだ。そのようなとき、互いに無連関のように思えた講義をバラバラに受けていても、それは集約した力になりえないのである。それを集約しようとする努力は、もちろん各個人がすべきものであるが、それを導き方向づけてくれるような教授の言葉が欲しかったのである。

このことが学園紛争とかかわるのかどうかは、わからない。ただ、学生運動にも何らかの意義を認めるとすれば、学問の意味を高らかに問うような姿勢であっただろう。受験教育やマスプロ教育を超えて、学問とは楽しいものなのだ、学問とは各自の生涯運営計画に深くかかわるものなのだ、従って生きている限り、生涯学習は当然のことなのだ、と訴える姿勢である。大学闘争時にそのような声は聞こえただろうか。

今後、大学までの教育と、さらに生涯学習を考えるとき、学問を各自の生涯運営計画に集約する、という基本姿勢を、人生のいろいろな段階でことあるごとに受講者に訴えてゆくことが必要なのではないか。

学園紛争に彩られた僕たちの大学生活は、まさに青春の光と影であった。影の部分も少なくなかったのだ。僕たちのクラスは確か六十数名いたと思うが、四年後に卒業できた者は、その中のわずか二十五名だった。紛争の影響や仕事との関係や生活苦などもあって、次々と脱落していったのだ。

それでも、プラス面がなかったわけではない。たとえば、英米文学の教授たちは、あれから半世紀を過ぎても読み返すことのできる優れた作品を選んでくださった。ジョイスの『若き芸術家の肖像』、ヘミングウェイの『日はまた昇る』、オーウェルの『動物農場』などである。

英語の原書を読むことは、確かに僕たちにとって大変だったが、少なくとも在学中に原書に触れたことは有益だった。在学中に原書を読まないのに、卒業後にそれを読むことはまずありえないからである。

今日、僕たちが同窓会を開けば、残念ながら、集まるのは六名くらいである。しかし、その六名くらいの中で、僕を含めて、まだ生涯学習を継続し、英語で読書をしているものが少なからずいるのだ。当時の教育は、必ずしも無益ではなかったのだ。このことを知れば、当時の教授たちは、喜ばれるのではないか。

そこで、英語教育や、英語を用いた文学教育では、以下のことが重要ではないかと思う。しっかりとした内容の原書を読み、その内容について考え、それについて討論したり、リポートや論文を書いたりする姿勢である。

また、充実した内容の原書を繰り返し読み、その重要文を筆写し、内容に関して自分の意見をまとめ、それを話したり書いたりすることは有意義だろう。その過程で語学力も伸びてゆくのではないか。

反対に、テクストの内容が浅薄であったなら、学ぶ意欲が起こらないかもしれない。また、浅薄な内容を覚えたところで、何になるであろうか。

ここで僕が思い出すことがある。それは、サンデーＥＳＳで出会った女子高校生である。彼女は、美しく聡明であったが、なぜか大学進学を選ばず、英会話学校に進んだのである。おそらく彼女としては、自分の好きな英会話の練習に集中するつもりだったのだろう。

ところが、一年後、ＥＳＳで行われたコンテストで彼女のスピーチを聞いて驚いた。内容が極めて浅薄であり、しかも英語の発音も優れたものではなかった。彼女自身もそのスピーチの中で告白していた。「あまり勉強をしていませんでした」と。

それは無理もないことだっただろう。人に勉強意欲を駆り立てるものは、学ぶ内容の高さだろう。学ぶ意義があると思い、そのことが自分を高めてくれると思うから、勉強するのである。英会話学校で配られる薄い教材の浅薄な内容を、どうして意欲を持って覚えられるであろうか。

その点、たとえ学生運動に明け暮れた大学であっても、英米文学の原書があり、社会学があり、文化人類学があり、心理学があったのだ。僕たち学生がいろいろな事情で、当時それらを十分に味わえなかったとしても、それは半世紀を経たあとでもしっかりと再読する価値のある深い内容を持っていたのだ。

大学や英会話学校を卒業後の職場においては、各分野のビジネスに関連することのみならず、高度な教養のやり取りが求められるだろう。特にそれは、国際的なビジネスにおいて要求されるだろう。「ハロー」、「ハウアーユー」の段階ではないのである。

また、ビジネスは金儲けに終始するものではない。ビジネスを通じて社会にいかに貢献するかが求められるのである。そこでは、文化的にも高度な情報のやり取りがなければ、意味がない。金儲けのことしか話題にならないのでは、ビジネスも殺風景なものになるしかないだろう。そうではなく、ビジネスマンがグローバルな立場で諸問題の解決に向けて情報を交換し合ったら、社会に貢献する有益な事業へと発展するのではないだろうか。

このようなことを考えるとき、人は大学を選ぶであろうか、それとも英会話学校に進むであろうか。

子供たちと過ごした原口塾

朝霞の米軍基地で勤務を始めてしばらくしてから、僕は原口塾で子供たちに英語を教えることになった。

そのきっかけは、基地の同じ部署で働いていた細田正信さんだった。ただ、周囲の人々は、彼のことを「ジョージ」と呼んでいた。本人も「俺、ジョージっていうんだ」と初対面の挨拶で元気に話していた。

彼の職務は、宿舎内の掃除や整理整頓だった。英語では、この職名をジャニターと言う。小柄だが、良く働く人で、贅肉の無い身体をしていた。彼は正規の教育をあまり受けていなかったが、もっぱら基地で働きながら、独特の英語を学んだのだ。日本語と英語を混ぜながら、しぐさも加え、アメリカ人たちとの意思の疎通も何とかこなしていた。もっとも、それは、もっぱらジョージさんの仕事に関することだったから、何とか間に合ったのだろう。複雑な内容に関しては、ジョージさんの語彙力ではとても歯が立たなかったかもしれない。

ジョージさんには自慢の息子の光司君がいて、光司君の中学時代の担任が原口久江先生だった。原口先生は、娘の玲子ちゃんを含めて子供たちに英語を教えたいと考えており、自宅を英語塾にして、子供たちを集めようと計画していた。

そこで英語塾の先生を探していたのだ。教え子の光司君のお父さんが米軍基地で働いていることを伝手に教師を物色していたのだ。

ジョージさんは、「俺だって子供に教えられるさ」と粋がっていたが、とりあえず「佐川君、どうだい？」と僕にお鉢が回ってきたのである。

そこでジョージさんのお宅で原口先生の面接を受けた。原口先生は、元気な人で、てきぱきと物事を話した。面接の結果、僕はまだ子供に教えたことなどなかったが、ＮＨＫの『基礎英語』の内容を頭に置いて、塾でのアルバイトを始めることにした。

そこで、原口先生は、教師のコネを使って、さっそく方々の家庭から子供たちを集めていった。まもなく、玲子ちゃんを含めた五歳くらいの子供たちのクラスと、それより年長のクラスと、二クラスが編成されたのである。毎週土曜の午後と、日曜の午前中、週に二回六十分ずつ教えることになった。

僕は、子供たちに教える内容を三種類考えてみた。まず、発音であるが、発音が似通った単語をペアにして、その絵を画用紙に描いて準備した。その絵を描くのに半日もかかったのだから、今ではとてもそのような根気のいる芸当はできない。当時は若かったのだ。

次は、日常で用いる簡単な英語表現である。「おはよう」、「お休み」、「さようなら」などである。

そして、三つ目は、『ＡＢＣの歌』など楽しい英語の歌であった。僕自身が歌うことが大好きであるし、子供たちも歌が好きなので、この選択は良かったと思う。その思いがけない成果として、まだ片言しか話せなかった玲子ちゃんの妹の美咲ちゃんが最初に覚えた歌が『サイレント・ナイト』だったのだ。美咲ちゃんは、教室から響いてくる歌を聴いていて、ひとりでに覚えたという。

さて、子供たちは、まだ幼く、やんちゃ盛りであり、時には六十分のクラス運営に苦労したが、反面、生徒たちはとても素直であり、僕の口の開け方を真似て英語の発音を繰り返したことは、感動であった。当時、クラスの場面をテープレコーダーに録音したことがあったが、それを今聞きなおしてみると、子供たちのやんちゃぶりに混じって、僕の声も張り切って澄んでいた。

ところで、原口塾では、僕のほかにもう一人の教師が教えていた。江村さんだ。江村さんは、僕より若干年配であり、確かどこかの中学校の英語の先生をしていたと思う。少し暗い感じのする人だったが、黒人文学が好きであり、詩も書いていた。

あるとき、江村さんは、詩集を自費出版し、原口先生や僕に一部ずつくれた。今でもその冒頭の文句を覚えている。「脳みその断片、いらんかねえ」だった。当時、僕はユダヤ系文学を読んでいたが、詩に関しては全くの素人であり、江村さんの詩に対する意気込みを十分に理解することはできなかった。申し訳なく思っている。

江村さんは、黒人文学に関しては、『ナット・ターナーの告白』を読んでいたようだ。それは分厚い作品であり、江村さんは「余白のある頁にぶつかると、ほっとするよ」などと話していた。

ところで、動機が何であったか思い出せないが、江村さんは中学校の教師を辞め、フランスに留学した。英語の教師であったのに、なぜフランスを選んだのか。フランスで何を求めていたのか。いずれにせよ、知識の十分でなかったフランス語によって外国で独り暮らしをしようというのであるから、すごいことだ。

江村さんは留学の目的を果たしたのかどうかわからないが、数年後に帰ってきた。そして、埼玉県鶴ヶ島町に建てた僕の家に原口先生と一緒に来てくれた。当時、僕は愛子と結婚しており、二十七歳の時に谷底に飛び降りる様な気持ちで狭い土地を買い、小さな家を建てていたのだ。江村さんは、「僕はまだ結婚して落ち着くつもりはないな」などと話していた。

振り返って見ると、江村さんは面白い人だった。僕にもっと詩の素養や文学の理解力があったなら、江村さんといろいろ深い話もできただろう。江村さんは、その後、どんなふうに生きたのだろうか。鶴ヶ島町に訪ねてきてくれた以降、江村さんに再び会うことはなかった。

さて、僕は原口塾での授業に対してそれなりに努力したと思う。五歳から小学生までの子供たちを二クラスに分け、それぞれ英語学習は初めてであったから、ＮＨＫラジオの『基礎英語』を参考にして、よく似ていて間違いやすい発音の訓練から始めた。大きな画用紙に関連する絵を半日もかかってたくさん描き、その絵を見せながら、大切な発音の基礎訓練を開始したものだ。今ではとてもこのようなことはできない。当時は、このようなことは新鮮な体験だったのだ。

ただ、子供たちの反応は、驚くべきことだった。子供たちは僕の口の開け方をよく見ていて、皆が同じように上手な発音をした。最初に誤った発音を学んでしまうと、その影響は長く続くと思うので、子供に英語を教える場合、これは要注意である。

振り返って見ると、子供たちに対する早期の英語教育に従事し多大の時間や精力を使ったことが賢明であったかどうか、何とも言えない。当時の僕にとって、最優先事項は、自分の英語力を伸ばすことであり、その英語力を駆使して、大学でユダヤ系文学の研究に打ち込むことのはずだった。どうも僕は、最優先事項をわきにおいて、そのほかのことで気分を紛らわすような悪い癖がある。

定年退職をした今となって、遅ればせの感を否めないが、このことを反省し、職場にいた時より自由を得たのであるから、最優先事項にできるだけ多くの時間を使ってゆくようにしたいものである。

ところで、原口塾での教育の成果はどのようなものだったのだろうか。

経営者であった原口先生の目標は、子供たちに対する早期の英語教育ということであっただろう。その成果は発揮されたのだろうか。

僕は、当時教えた子供たちが成長し、大学に通い、ある者は結婚し、そして離婚した場合もあった、ということくらいしか知らない。その中で思うことが一つある。原口塾のクラスで教えていて、子供なりに鋭いな、光るものがあるな、と感じていた子供たちは、成長してそれなりの大学に入ったようだ。その際、果たして英語の早期教育が役立ったかどうかは、わからない。子供たちの中で特に英語の分野において抜きん出た成果を挙げた者がいたかどうか、僕は耳にする機会がない。

原口先生の娘であった玲子ちゃんに関して言うと、彼女にも成長の過程で悩みがあったようだ。やがて、彼女は成長して大学の薬科系で学び、卒業後、薬剤師として働いていた。そして、歯科医を目指していた男性と結婚した。ちなみに、僕たち夫婦は、原口先生に頼まれ、帝国ホテルで催された玲子ちゃんの結婚式で仲人を務めた。

結婚後、しばらくして、玲子ちゃん夫妻は、敷地の一角に歯科医院を建て、ご主人はやがて博士号を取得し、歯科医としての道を歩み始めた。玲子ちゃんは夫の仕事を手伝っていた時期もあったらしい。

そのうち、たまたま僕が非常勤で勤めていた大東文化大学で知り合ったアメリカ人を講師に招き、玲子ちゃんが何名かの友達と一緒に英会話レッスンを受けるようになったのだ。その際、玲子ちゃんがアメリカ人講師を車で送り迎えしていたらしい。こうしたレッスンがどれくらい続いたのか、僕は知らない。

玲子ちゃんも子供を二人持つ主婦となり、いろいろ忙しいことだろう。そうした状況で英語に関して生涯学習を継続するためには、いろいろ工夫がいることだろう。続けるためには、それが楽しいと思うことや、さらに何か強い動機付けが必要になるかもしれない。玲子ちゃんが忙しい主婦業の合間に英会話レッスンを続け、時には英語の原書を読み、その原書がわずかずつでも彼女の本棚に増えていったら素晴らしいことだが、果たしてどうだろうか。

　玲子ちゃん夫妻とは、ずっと年賀やお中元のやり取りが続いていて、僕は便りを出すたびにそれとなく玲子ちゃんの英語学習について尋ねているが、まだ玲子ちゃん自身からの返事はない。

　いずれにしても、玲子ちゃんは薬剤師としての経歴を生かし、歯科医であるご主人を助け、立派な歯科医院を経営するようになったのだ。二人の子供さんも成長し、玲子ちゃんは成功した人生を送っていると言えるだろう。

　いっぽう、玲子ちゃんのご両親に関しても、お父さんは、亡くなられたおじいちゃんと同様、学校の校長を務め、やがて坂戸市の教育委員長になったという。そして、原口塾を経営していたお母さんのほうも学校の校長を務めたらしい。原口先生ご夫妻は、教師として成功した人生を送っていると言えるのではないか。

　玲子ちゃんのお父さんは、教師をしながら大学のクラスで聴講を続けていたらしいが、努力した人なのだろう。植物学の研究をしていたのかもしれない。僕がまだ原口塾で教えていた時代に、ある時、お父さんは大学のクラスの教材であった植物学に関する英語論文を翻訳してほしいと頼んできたことがあった。当時、まだ、ワープロもパソコンもない時代であったから、僕はあまりきれいではない文字でその英語論文を翻訳し、専門用語はそのままでよいという話だったので、何とかつじつまの合う日本語にした記憶がある。原口先生から当時のお金で五千円を謝礼に頂いた。

考えてみれば、あれが翻訳で収入を得た僕の初体験であったかもしれない。そのあと、僕は六冊ほど翻訳をする機会に恵まれたが、翻訳に対してそれほど継続した興味を抱いているわけではない。

さて、青春の時間と精力を捧げた原口塾での仕事も最後の日が来た。いつも通りに授業が終了したのだが、二つ目のクラスで、一人の女子生徒がお別れになって、泣き出してしまった。僕はこの光景を見て感激してしまい、原口先生ご夫妻にお別れの挨拶をしながら、僕自身もおいおいと泣き出してしまったのである。そして、原口塾から坂戸駅に徒歩で向かう途中も、涙が止まらなかった。

このあとでしばらくして、僕と愛子は渋谷の青学会館で結婚式を挙げたのだが、それには原口先生や玲子ちゃんも参列してくれた。原口先生は祝辞の折に、原口塾で僕が教えた二クラスの生徒全員が僕と愛子へ託した言葉をテープに録音し、聴かせてくれたのだ。僕は、生徒一人ひとりの声を聴いているうちに、めでたい式で雛壇に座っていながら、六十名ほどの参列者の前で再び泣いてしまったのである。

「原口塾を訪れたニーボーさん、年長クラス、玲子ちゃん、美咲ちゃん、原口家のおばあちゃん」

米軍用宿舎ハーディ・バラック

夜間大学の四年生の頃だった。僕はふとしたことから、埼玉の朝霞米軍基地より六本木にあった米軍基地ハーディ・バラックに転勤したのだ。それは米軍用宿舎での夜勤だった。朝霞での昼間の勤務、そして夜間大学という生活から、ハーディ・バラックでの夜間の宿舎管理、そして夜間大学という生活様式に変わったのである。

ハーディ・バラックのそばには星条旗（スターズ・アンド・ストライプス）新聞社があり、そこに勤務しているアメリカ人や、方々の基地を移動しながら勤務している兵士や将校のためにハーディ・バラックという宿舎が必要だったのである。宿舎の出入りは夜間にもしばしばあったので、ナイト・クラークと呼ばれる夜間勤務の事務員が必要であり、三人の事務員が交替でそれを務めていた。僕は、その一人になったわけである。

ところで、三人のナイト・クラークのもう一人は、朝霞米軍基地で日本人の上司であった関さんであり、さらにもう一人は、僕に朝霞米軍基地の仕事を紹介してくれた村形さんだった。彼は王子の基地から六本木のハーディ・バラックに転勤していたのだ。かつてESSで一緒に勉強した二人が、今度は同じ職場で机やタイプライターを共有することになった。

しかし、僕は、最初、それまでの人生で経験したことのない夜間勤務には抵抗があった。第一、四年生になったとはいえ、まだ夜間大学に通っていたのだから、果たして夜勤と大学が両立するのか心配だった。

ただ、勤務内容を具体的に言うと、それは週に四十時間勤務であるが、週二回で済むのであった。たとえば、水曜の夕方四時に出勤し、翌朝八時まで宿舎のカウンターで勤務するのである。夜間でも兵士や将校の出入りがあったのである。その受付を夜間勤務の事務員が担当していた。これで十六時間である。さらに土曜の朝八時から日曜の朝八時まで勤務すれば、これで二十四時間である。

週二回の勤務は、それぞれ長時間であったが、その間ひっきりなしに人の出入りがあるわけではなかったし、電話の応対やいろいろ事務的な仕事があったとしても、けっこう暇がある仕事であった。僕は暇なときは、英語の本を読んだりして過ごしていた。また、客の出入りがない深夜の静かな時間帯には、事務所のソファーに横たわって仮眠を取ったりした。

四年生になっても、卒業要件単位の取得がギリギリの状態であったから、ほとんど毎晩のように通学していた。それでも、上記のような勤務状態の中で、何とか通学の回数を満たしていたのである。

こうした夜勤をしながら、さらに土曜の午後と日曜の午前中は原口塾の英語講師を務め、夜間大学に通い、卒業論文を書き、単位取得に励んだのである。

しかし、この状況では、やるべきことが多すぎたし、また、当時、自己管理や時間管理も甘かったので、ところどころに不足が生じていた。

たとえば、僕は一般教養科目であった美術のリポートの出来が悪くて、不合格の危機にさらされた。それが不合格であった場合、四年間での卒業は無理であったが、その時、僕は中央大学の大学院の試験に合格していたので、そのこともあって、美術のリポートに対して何とかお目こぼしが出たのであった。それには、担任であった大浦暁生教授のお力添えが大きかったのであり、僕は大浦教授に深く感謝している。

ただし、大浦教授に提出した僕の卒業論文の出来も悪く、大浦教授からいただいた評価は、Aではなく、Bであった。この評価は、このあとで大学院に進み、研究職を目指すのであれば、大いに反省しなければならないことであった。夜間勤務をしているから、土曜、日曜は原口塾で教えているから、などという言い訳は通らないことであった。

僕は、あのころを振り返ると、自己管理や時間管理に関して自分の至らなさを非常に反省するとともに、僕の窮状を救ってくださった大浦教授に恩人として深く感謝しているのである。

ところで、夜間勤務のハーディ・バラックでは、いろいろな事件が起こった。そこでは夜になると人間の赤裸々な生態があらわになったのである。

ヘミングウェイの『日はまた昇る』、『武器よさらば』、『誰がために鐘は鳴る』などの作品に描かれていた退廃の状況が、僕が夜勤で働いていた場所でもしばしば垣間見られたのだ。

たとえば、ある時、事務所で盗難事件が起こった。机の上に置いてあった慈善箱の鎖が壊され、お金が箱ごと奪われたのだ。

犯人は、近くの部屋で飲んでいた黒人兵士たちだった。飲んだ勢いで、ひとつ慈善箱をかっぱらってしまえ、となったのかもしれない。

僕はたまたま事務所の隣の台所で、ジャニターやメイドさんたちとお茶を飲んでいたのだが、今から思えば、事務所を少しでも留守にする場合、鍵をかけておくべきだった。

お茶を飲んでいた僕たちの台所に一人の黒人兵士が入ってきて、「日本人、大好きだよ」などと奇妙なことを言い始めた。

このようにして、一人が僕たちの注意を惹きつけ、その間に仲間が鎖を壊して、慈善箱を奪ったのだ。

ただ、仮に僕が気づいて、事務所に飛び込み、犯行の現場を捕まえたとしたら、どうなっていただろうか。

もしかしたら、大柄の黒人兵士に殴り倒されていたかもしれない。あるいは、あとで同僚が脅かして言ったように、七階にあった事務所の窓から投げ出されていたかもしれない。

今考えると、ゾーッとするのである。危ないところだった。

と言うわけで、僕やジャニターやメイドさんたちに危害は及ばなかったが、多くの人たちの親切な気持ちが込められた慈善箱は無くなってしまった。

軍の警察官（ＭＰ）が事務所にやってきて、僕に状況説明を求め、状況を文書化するように指示してきた。

僕は、ＭＰに言われるままに、質問に答えながら、同時に事務所のタイプライターで状況を記していった。

犯罪に巻き込まれたことで気持ちは動転していたが、その時も感じ、振り返っていまでも感じていることであるが、ＭＰの質問に答えながら、かなり円滑に状況をタイプライターで打つことができたのは、意外な驚きであった。

すなわち、このような状況であるが、ＮＨＫラジオ『英語会話』の松本亨先生の教え、「英語で考える」ことが実践できたのは、不幸中の幸いであった。

ところで、これは、余談であるが、付け加えておく。ずっとあとのことであるが、僕は青山学院大学の職場で国際交流委員になり、大学間の協定を結ぶために、米国に向かう飛行機の中にいた。ところが、飛行機が飛び立って間もなく、気持ちが悪くなってしまい、ふらふらとトイレに向かう途中で気を失ってしまったのである。

気が付くと、飛行機に乗り合わせていた医者が僕を介抱してくれていた。この時、僕ははっきりと自分の状態を医者に告げることができたのである。この時も、松本亨先生の教え、「英語で考える」ことを実践できたわけである。

ところで、振り返って見ると、子供時代から多くの危険な目にあってきた。危うく助かった多くの体験を思い出す。独りで生きてきたわけではないのだ。多くの人たちや、何か人知を超えた力によって導かれ、助けられてきたのかもしれない。感謝の気持ちでいっぱいである。

たとえば、まだ小学生の頃だったかもしれない。近所の友達が部落の商店まで歩いてゆくことになったが、その時、僕はなぜか機嫌が悪くて、一人で家に残った。ところが、しばらくして気が変わり、友達のあとを追って行くことになった。小山を下れば近道であり、早く追いつけると思った。「おーい、待ってくれ〜」と叫びながら、僕は小山を下って行ったが、もう少しのところで転んでしまった。そして、そのままゴロゴロと下まで転がってしまったのだ。気が付いたときは、こたつに寝かされていた。僕は腰を打って、気絶してしまったらしい。頭でも打っていたら、危ないところだった。

今度は、中学生の頃だったと思うが、僕は台風のあとで山を越えた川に釣りに行った。川は轟々と大きな音をたてて流れていた。僕は川の向こう岸に渡れば釣りに有利だと思い、轟々と流れる川に入ったのだ。一歩一歩と流れに逆らいながら、渡っていった。ところが、途中で怖くなってしまったのだ。僕はあわてた。引き返そうとして、足がもつれてしまった。僕は焦って、夢中で元の岸に向かって、足を運んだ。もう少しで僕の身体が流れに持ってゆかれそうになった。かろうじて、元の岸にたどり着いたが、釣った魚を入れるはずの籠が僕の代わりに、流されていった。

また、高校時代は自転車で四キロ離れた鉄道駅まで通っていたが、砂利道であり、自転車をこぐことは大変だった。ある時、大きなダンプカーがそばを通って行った。もう少しで僕の身体がダンプカーにぶつかりそうになった。危ないところだった。

さらに、高校二年生の夏のことだ。僕は蓄膿症が悪化して、国吉という田舎にあった菅野病院で手術を受けることになったのだ。菅野先生は、田舎に引きこもる以前は、都会の病院で腕を振るったという噂だった。

手術は菅野先生が一人で行った。麻酔をかけられてベッドに横たわっている僕は、鼻の部分でガツン、ガツンと骨を割るような音を聞いていた。蓄膿症は確かに悪化していて、悪臭を放っていたようだ。それを菅野先生は、すっかり取り除いてくれたのだ。

手術を終えてから病室まで誰かの背中におぶさっていったほうがよかったのだろうが、あいにく頑丈な大人は周囲にいなかった。そこで、柔道で鍛えてあると自信を持つ僕は、歩いて病室に向かったのだ。これがいけなかった。病室に着くや否や、僕は激しく出血した。菅野先生が急いで手当をしてくれたが、手術時の出血に加えて、病室でも大量に出血したことで、僕は急に弱ってしまった。

「この子をここで死なせたくない！」と母が菅野先生に向かって叫んだことを僕は良く覚えている。母にも看護で大変苦労をかけてしまった。僕は今振り返って、母に深く感謝している。

菅野先生は、高価な薬を用いて、僕の状態を安定した方向に持って行ってくださった。本当に良い先生に田舎で巡り合えたものである。

これはあとになって知ったのだが、僕が手術を受けていた時、待合室に柔道部の伊藤君がいたそうだ。伊藤君は、手術を終えた僕の顔を見たそうである。田舎とはいえ、世間は狭いものだ。

また、菅野病院の近くに柔道部の後輩の家があり、この後輩はなにくれとなく親切に面倒を見てくれた。時々、野菜や果物を持ってきてくれたりしたのである。

結局、蝉の声を聴き、田舎の涼風に吹かれながら、僕は菅野病院でそのひと夏を過ごした。

蓄膿症は、手術のおかげで完治した。その後、時々は耳鼻科に通ったりしているが、菅野先生のおかげで、その後の半世紀余りにわたって、大過なく仕事を全うすることができたのだ。本当にありがたいことである。

こうして述べてきたように、僕はハーディ・バラックでの盗難事件も含めて、若い頃からいろいろ危うい目にあってきたが、それを何とか生き延びてこられたのである。深く感謝している。

「人の生き死になんて、すべて紙一重なんだよ」(『1Q84』Book3 後編 二八七)。たまたま読んだ村上春樹さんの小説で見つけたこの言葉の重みに頷く時、まだ生かされてあることに感謝しないわけにはゆかない。

現在、僕は、透析治療を受けて十年目を過ぎ、難病を抱えている身であるから、死の可能性を人一倍意識しているはずである。こうした状況では、せめて好きなユダヤ研究やカラオケを楽しめる日が、一日でも多く続くことを願うしかない。僕は毎朝、「今日もさしたる痛みもなく、仕事ができますことを深く感謝いたします」と祈りを唱えてから、机に向かっている。

松本亭高等英語専門学校

ハーディ・バラックに勤務して一年くらいが経ってからのことだ。僕は、おかげで何とか中央大学の夜間部を卒業でき、夜勤や原口塾での仕事をしながら、青山学院大学の大学院にも通っていた。

中央大学の大学院にも合格していたのだが、夜勤の職場から近いことを考え、青山学院大学の大学院を選んだのだった。ただ、これは僕が地下鉄に疎かったためであって、あとでわかったことだが、夜勤の職場に近い乃木坂駅から千代田線の新御茶ノ水駅に出れば、中央大学まで一本で行けたのであった。もし中央大学の大学院を選んでいたならば、また違った人生が開けていたことだろう。

さて、その頃、中学時代からＮＨＫの『英語会話』でその声に親しんでいた松本亭先生が、英語専門学校を渋谷に開かれたと聞いた。渋谷界隈は、夜勤の仕事や大学院の関係もあってなじみ深い場所である。田舎に住んでいた時は考えられなかったことだが、ちょうど小松川ESSに飛び込んだときと同じような気持ちで、思い切って松本亨先生の学校へ入ることにした。

これは、大学院と合わせると、いわゆる「ダブル・スクール」となることであった。僕は、仕事は夜勤と原口塾、学校も大学院と松本亨高等英語専門学校という「二足のわらじ」を選んだのである。

さらに、これに神田の錦城学園高等学校での仕事が加わる時期があった。錦城学園は、商業高校であり、家庭で甘やかされた生徒が多く、教室は常に蜂の巣を突いたような騒ぎであった。そこでは、クラスの運営に大変な労力を要した。

さて、最初、一九七二年七月十四日に、英語専門学校の事務局があった原宿シュロスへ入学案内を求めて行った。その時に出会って話したのは、岩下先生と今井先生だっただろうか。僕はそれなりに熱意を伝えたくて、お二人と英語で会話をした覚えがある。

そのあと、代々木のオリンピック村で夏の英語合宿が行われ、僕もそれに参加した。松本亨先生が、ある大クラスに入って来られ、僕たちに「英語で考えるとは？」という基本を話してくださった。松本先生が直接お出ましということで、僕たちは非常に緊張した。僕の隣に座っていた生徒が松本先生に指名され、「馬とは？」の質問にたどたどしい英語で答え、松本先生は「彼はそれなりに英語で考えているよ」と評価された。

夜になって二十名くらいが原宿シュロスに集い、英語学習に関するよもやま話を展開した。教師として、立花先生が参加していた。ある女子学生が、「私たちはみんな同じような水準だから」と言うと、立花先生は、「それはどうかな？」と疑問を呈していた。立花先生は、細かい点にもよく配慮される方だった。あそこに集まった生徒たちの中でも、それなりに英語力には違いがあったのかもしれない。集いのあとで立花先生は、生徒たちの実力や熱意にやや失望したような話しぶりだった。

合宿のあと、一九七三年四月に、青山学院大学に近いマンションの二階で専攻科の授業が始まった。三階には特別研修制度のクラスがあったが、そこにのちに僕の妻となる佐藤愛子や、青山静枝さんや日野京子さんなどが加わっていたのだ。

専攻科の生徒は少数だった。遠藤君、前川君、太田君、水野君、前田君、神田君と僕だっただろうか。岩下先生の経済学者グンナー・ミュルダールの原書購読、立花先生の文学、斉藤先生によるポーの『黒猫』、森久子先生の英作文、ストローマン先生の会話がクラスとして開講された。それぞれ生徒は努力していたと思うが、専攻科を立ち上げたストローマン先生の期待通りには運ばなかった。

ストローマン先生は専攻科にかなりの期待をかけていたようだ。そのことに関しては、申し訳ないと思う。僕は、当時、六本木の米軍基地ハーディ・バラックでの夜勤、青山学院大学大学院での勉強、上智大学大学院のフランシス・マシー先生のクラスでの聴講、原口塾での講師、それに結婚に至る以前の愛子との交際があって、専攻科の授業に対して必ずしも十分な準備をしていたとは言えない。自己管理や時間管理が未熟だったのだ。

それでも、岩下先生のクラスでは原書の内容を要約することを、森先生のクラスではパラグラフ構成を、そして、立花先生のクラスではヘミングウェイの作品などを学んだ。いずれももっと準備すべきだったが、当時の状況では、あれで精いっぱいだったのだ。

専攻科は最後には出席者も減り、二年くらいで廃止になったと思う。僕たちは先生方を失望させたことになり、残念な結果である。

そのあとで、松本亨高等英語専門学校は別の大きなマンションを買い取り、大きく発展していったと思うが、やがていろいろ影の部分が現れてくる。責任者であった森蕎伸先生が成功ゆえの慢心からだろうか、ラスヴェガスの賭博で大損をして、警察の厄介になるところまで落ち込んだ。そして、学校自体がつぶれてしまったのだ。あれほど成功していたように見えたのに、いったいどうしてしまったのだろうか。

おそらく森蕎伸先生には、英語学校が成功したら、次はどうするか、という見通しがなかったのだろう。見かけは成功したように見えても、実際、どのような人材を育成しようとしていたのか。特別研修制度や専攻科の科目を概観しても、明確なイメージがわいてこない。

英会話能力の優れたビジネスマンを養成するのであれば、それなりにビジネス科目が必要であり、文学教育を充実させようとすれば、それなりの関連科目を充実させねばならず、また、書くことを専門とするジャーナリストなどを養成しようとすれば、それなりの関連科目が必要である。

結局、いかなる分野の人材育成に関しても、カリキュラムがきわめて不備であった。この学校で学んだ結果、ささやかな英語力を強みとして就職活動に活かせるだろうか。かなり疑問である。

したがって、経営者の森蒿伸先生が次に努力すべきだったのは、カリキュラムの整備と教員スタッフの充実であったはずだ。ラスヴェガスで賭博などにうつつを抜かしている暇はなかったはずである。

実際、松本亨高等英語専門学校で学んだだけでは、いずれの分野の専門職に就くことも無理である。そのためには、別に大学や大学院に通う必要があった。高い授業料を取っていたのであるから、それに見合うだけの英語力を卒業生につけさせなければいけなかったわけであるが、それは極めて不十分なものであっただろう。

森蒿伸先生の弟の森菊雄さんは学校の事務を手伝っていたようだが、その後、どうしたのか。妹の森久子さんは、アメリカの大学院に留学し、言語学で修士号を取ってきたといっても、それほどの実力があるとは思えなかった。ストローマン先生と同じ家で暮らしていると聞いていたが、その後、ストローマン先生は帰国してしまったようだ。森久子さんは、今、どうしているのだろうか。

斎藤先生や村田先生は、予備校の講師に転身したようだが、斉藤先生は若くして癌で他界してしまった。村田先生に関しては、一度生徒たちとの懇親会の帰りらしい姿を、渋谷の宮益坂で見かけたことがある。

立花先生と青柳先生は大学院に入り、それぞれ関東学院大学に専任職を得た。立花先生は、学部長以外、いろいろな役職に就いたようである。立花先生は、大学を定年退職後、夢であった海外生活を実践したが、不幸にしてニュージーランドで自動車事故に遭い、今日までリハビリの生活である。精神的にもずいぶん参っているようだ。気の毒である。青柳先生はそれなりに関東学院大学で過ごし、もう退職しているだろう。現在、海外訪問を楽しみにしているようだ。

三田先生は、特別研修制度の生徒だった川村悦子さんと結婚し、海外に移住した。現在でも海外で暮らしているのだろうか。今井先生は、海外の商社に長く勤務し、ビジネス英語に関する本を出版し、僕にも一冊送ってくれた。

岩下先生は、英語学校の経営をいくつか試みたことだろう。僕もそのお手伝いを少しした時期があった。岩下先生は英語スピーチに関する本を多く出版している。松本亨高等英語専門学校の関係者の中では、岩下先生が最も成功したと言えるかもしれない。

ただ、紆余曲折の過程で人間関係はかなりこじれたらしい。たとえば、立花先生は、岩下先生に会っても、挨拶くらいはするが、その後、いろいろ話す気にはならない、と漏らしている。

松本亨高等英語専門学校は、廃校になったとはいえ、元来、日本の英語教育を改善するという高い理想のもとに設立されたはずなのだ。夢を追う過程で、いろいろな現実問題が浮上してきたのだろう。それに携わった人々も、廃校後は、上記のように、いろいろな道を辿ることになった。

彼らは、現在、精神的に、そして経済的に、満ち足りているのだろうか。また、彼らの英語力は、結局、どのくらいのレベルに到達したのだろうか。

いっぽう、卒業した生徒たちは、その後、どういう道を辿ったのだろうか。学校で学んだことが役立ったのだろうか。

遠藤君は、海外の企業で働き、それなりの成果を収めたことだろう。ただ、その企業を途中で解雇され、まだ若くして再雇用の道が見いだせなかったことは気の毒だ。彼は、数年前、年賀状の交換を中止する旨を伝えてきた。やりきれない気持ちがあったのだろう。遠藤君の奥さんの寿考さんは、まだ子供たちに英語を教えているのだろうか。

日野さんは、英国の大学院に留学し言語学で修士号を取ってきた。そして、関西のどこかの大学で非常勤をしていたようだ。日野さんなりに努力したのだ。ただ、今では体の具合が悪くて、上京できないらしい。

青山さんは、テレビばかり観ているご主人に愛想を尽かして離婚し、その後、中学校の英語教師になった。彼女は英字新聞社で働いていた時期もあったが、彼女なりに努力したのだろう。

航空会社に就職した新島さんや、外国人と結婚した安達さんや、通訳をした重松さんなど、いろいろな道を辿った卒業生がいることだろう。

新島さんは、子供ができたのに、相手と別れ、独りで子育てをしていたのだろう。もう子供さんは大きくなったことだろうが、彼女自身その後どういう生き方をしたのだろうか。

ここでふと思い出した人がいる。僕たちが勉強していた二階や三階のトイレに紙を補充してくれていた中年の男の人だ。西田先生だ。彼はどういうきっかけで勤務することになったのだろうか。教員としては勤めていなかったと思うが、それでは事務職だったのか。

彼は原宿シュロスに泊まっていたようだ。宿泊代を節約するとともに、ちょっとした管理人を務めていたのだろう。

僕は当時、複数の勤務や複数の通学をしていたので疲れてしまい、原宿シュロスに泊めてもらったことがあった。その折に、西田先生と話す機会を得たのだ。彼は、「英語を話すのが怖かった」と告白していた。これでは、教員を務めることは無理だっただろう。彼は以前、北海道の大学で学んだ折、クラスでヘミングウェイの『老人と海』を音読したことを懐かしそうに話していた。

西田先生と一緒に、原宿シュロスでしばしば納豆ご飯を食べた。彼は、納豆をたくさん買ってあったらしい。醤油をかけて食べたので、それなりに味はあった。西田先生と納豆ご飯は、懐かしい思い出だ。実際、本当に納豆ご飯だけだった。味噌汁もなかったし、おしんこさえなかった。

廃校とともに、西田先生はその後、どうなったのだろうか。

いずれにせよ、年齢から言って、松本亨高等英語専門学校の関係者は、多くが定年退職を迎えているはずである。それは僕も同じだ。

問題は、これから各自がいかに生産的な退職後の人生を送れるかだろう。そして、これまで積み上げてきた英語の実力をどの程度まで伸ばせるか、である。

さて、「英語で考える」という松本亨先生の英語教育に対する主張は正しかったのだろうか。確かに、同時通訳を別として、英語で話す際、いちいち日本語を介在させていたのでは、とても間に合わない。英語で話されている情景が絵のように浮かんできて、また、こちらが話す内容も英語のままどんどん出てくることが望ましい。もちろん、話されている内容を日本語や英語で要約する場合は、それに柔軟に対処しなければならないが。

いっぽう、たとえば、文学作品などを日本語や英語に翻訳する場合、逐語訳をしてもどうしようもないわけである。この英語表現を、日本語だったらどう言うのか、この日本語表現を英語だったらどう言うのか、が問われねばならない。これにはかなりの言語能力が求められるだろう。

作家の村上春樹さんは、多くの作品を執筆するとともに、頻繁に翻訳活動も行っている。素晴らしいことである。彼は、「日本人でありながら、日本語を、そして日本人性を相対化する必要を感じている」（『やがて哀しき外国語』）と言うが、そうした作家の心理に、そしてその言語感覚に対して、興味が尽きない。

僕は、ホロコーストに関する作品、イディッシュ語の辞書、そしてスタインベックの書簡集などを含めて六冊ほど共訳した経験しかないので、翻訳の道ではまだ修行が必要である。そのために残された時間はもう多くはない。

松本亨高等英語専門学校の思い出を辿ってきたが、ここで心に浮かんだ言葉がある。それは、ユダヤ系経営学者ピーター・ドラッカーの言葉である。「うまくいっている時にこそ、次の段階を考え、逆境の場合は、神が与えた試練であると思い、精神的に折れることなく、それを生き抜くのである」と言う。この考えは、人や企業が長期にわたって生産性を上げてゆく秘訣ではないだろうか。この姿勢であったならば、紆余曲折の多い人生においても、長く生産性を維持し、存続してゆけるのではないか。

こうした考えをその著作において説くドラッカー自身は、経営相談、教育、著述という関連三分野の響き合いを活かし、さらに三年ごとに新領域を学ぶという生涯学習を通してすそ野を拡大し、九十五年という豊かな人生を全うした。彼と妻ドリスは六十五年にわたる結婚生活を営んだが、妻のほうも八十歳を過ぎてから、発明をし、起業をし、本を出版し、登山を楽しんだのである。

ドラッカーは、そしてその妻は、自らの人生によって、その経営思想の正しさを実証したのである。

また、もう一つ心に浮かんだことがある。それは、僕が聴講していた上智大学大学院のフランシス・マシー教授のクラスである。そのクラスには、僕を含めて院生が十名くらい出席していた。かなり水準の高いクラスであった。参加者各自がフォークナー、ヘミングウェイ、アンダソンなど、それぞれ研究対象の作家を定め、それに関して論文を書き、クラスで発表をするのであった。発表の折には、ほかの出席者もその作家作品を読んでおき、発表後の質疑応答や討論に参加するのであった。これにさらにマシー教授の幅広い内容の講義が加わった。

このクラスの水準は、たとえば、松本亨高等英語専門学校の専攻科を、はるかに上回るものであった。

朝霞米軍基地での出会い

朝霞米軍基地で出会った人々の思い出を書いておきたい。

ウォーカー軍曹は、僕が村形さんから電話をもらい、朝霞の米軍基地へ面接のために飛んで行った日に会った軍人だ。「君こそ求めていた人だ」と言ってくれた。まるで深い井戸の底から聞こえてくるような声だった。彼が、僕の新しい職場のアメリカ人上司となった。いっぽう、日本人の上司は、のちにハーディ・バラックでナイト・クラークになった関幸三さんだった。痩せて神経質そうな人だった。

ウォーカー軍曹は、可もなく不可もなくという感じの人だった。勤務時間が終われば、すぐに基地のバーへ入りびたりだった。酒を飲んだり、何らかのゲームをしたりして過ごしていたのだろう。彼は、そのような生活をずっと続け、やがて勤務を終えて米国へ帰って行った。

事務所ではいつもコーヒーがわいており、砂糖も常備されており、ウォーカー軍曹は好きなだけ飲みなさい、と言う感じだった。僕は、それまで日本の緑茶ばかり飲んでいたから、コーヒーの味を覚えたのは、米軍基地勤務以降のことだ。

ウォーカー軍曹は、ある時、事務所の日本人スタッフを、板橋区成増にあったグラントハイツの宿舎に招いてくれ、夕食をごちそうしてくれた。それは、関さんや、ジャニターを務めていた細田さんや鈴木さん、そして僕だった。

ところで、当時、埼玉県の所沢米軍基地で宿舎管理部の日本人責任者は、門間さんだった。彼は、音楽に興味があり、将来いろいろ仕事の企画もあるという話だった。彼とは朝霞の食堂で昼食を共にしたことがあった。ただ、僕をあたかも自分の部下であるかのように扱った時があった。門間さんの英語にはまだ問題があり、ウォーカー軍曹の指示を聞き違えた時など、「君は英語が分かるのかい?」とこってり油を搾られていた。門間さんは、基地の職場を辞めたあと、どうしたのだろうか。

アボット・スミス少佐は、米軍基地での勤務を終え、日本を去る時、「あなたは日本人がどういう人々か、私に教えてくれた一人です」と言ってくれた。優しい知的な顔をした人だった。ヴェトナム戦争の負傷兵が詰め込まれていた悲惨な雰囲気の病院に勤務していた人の中にも、アボット・スミス少佐のような人がいたのだ。彼は病院の医師だったのだろう。

アボット・スミス少佐は、優しい人だったが、思い返せば、病院で看護婦として働いていた人の中にも、親切な**コルソンさん**という女性がいた。彼女は、美しい人だったが、ある時、職場のカウンターにやってきて、「あなたを見ているのよ」と冗談を言ったので、僕はどぎまぎしてしまった。コルソンさんは、わざわざ本国のお母さんに頼んで、僕のためにヘミングウェイの『老人と海』を取り寄せてくれたのだ。僕は、米軍基地に勤務中、いろいろなアメリカ人より本をいただいたが、コルソンさんもその一人である。本の贈り物は、長く残るのでよい記念となる。

『老人と海』は不屈の精神を持つ老いた漁師サンチャゴが、巨大なカジキを釣り上げようと三日にわたる死闘を展開する物語だが、僕はこの中で、サンチャゴがトビウオを生で頭からしっぽまできれいに食べてしまう描写や、海に流れていた藻をすくってその中にいたエビを生で食べる場面などが好きで、この作品をこれまで三十回も再読している。読むたびにコルソンさんの優しい顔が浮かんでくるが、彼女が米国で幸せに暮らしていることを祈る。

やはり看護婦として働いていた**スミスさん**という元気で美しい女性は、早口の人だったが、「すみません、お話がよく分からないんですけど」と言うと、いつも決まって「いまにわかるわよ」と励ましてくれた。彼女の言葉は、いつも簡潔で同じだった。それが僕にはきわめて印象的だった。

英語を聞き取る力をつけるために、「重ね読み」（シャドーイング）の訓練をするとき、「いまにわかるわよ」という彼女の言葉を思い出す。僕の聞き取り能力はまだ不十分なのだから、これからもシャドーイングに励んでゆかねばならない。

聞き取り能力は、どうやったら効率的に伸ばすことができるのだろうか。

ところで、聞き取りに関して、朝霞米軍基地で勤務を始めた初期に、僕は痛い目にあった。

何らかの用事で日本人上司の関さんが不在であり、アメリカ人上司のウォーカー軍曹もどこかへ出かけているときだった。つまり、事務所には僕しかいなかったのだ。その時に事務所の電話が鳴った。僕が恐る恐る受話器を取り上げて聞くと、それは何と米国本土からの電話だったのだ。

電話の要件は、基地内の病院にいる息子の安否を尋ねるものだった。内容は深刻である。僕な大変緊張した。これは人の生死にかかわる問題である。もし間違ったことを相手に伝えたなら、大変な結果になってしまう。電話の声からして、相手は必死の気持ちでかけてきたのだろう。

本当は病院に直接問い合わせてくれれば良かったと思うが、相手は何らかの理由で、僕たちの事務所の番号しかわからなかったのだろう。

国際電話であっても、相手の声は良く響いたが、何しろ広い米国本土からであり、地方の訛りも入っているので、聞き取るのに大変苦労した。

面と向かっての会話ならば、相手の表情やしぐさも助けになるが、電話では話が別である。

何とか相手との会話が終わると、僕はどっと疲れてしまった。

ところが、悪い時には悪いことが重なるもので、今度は黒人の少佐が事務所にやってきて、これも訛りの強い英語で何事か話し始めた。内容は病院のことに関してらしかったが、まだ職場に不慣れの僕が勝手を呑み込めずにいると、黒人の少佐は怒ってしまった。「黒人だと思って、私を馬鹿にしているのか」という言葉はなかったが、何かそのような雰囲気を僕は感じた。この時も、なんとかその場の対応が終わると、僕はどっと疲れてしまった。頭が熱くなって、ガンガン痛んだ。

こうした痛い体験の後、しばらくの間、事務所に一人でいるときに電話が鳴ると、僕はびくっとして震え上がった。当時、歌手の布施明と結婚したオリヴィア・ハッセーが主演していた『暗闇にベルが鳴る』という恐怖映画があったが、暗闇でなく、真昼でも電話が鳴ると、僕は恐れおののいた。

僕が真剣にリンガフォン・レコード五十課のシャドーイングに取り組んだのは、このあとのことであった。リンガフォン・レコードの発音は、今聞きなおしても、素晴らしい。その速度は、課を経るにつれて、だんだん早くなってゆく。五十課になると、内容はアメリカ文学に関するものであるが、読む速度は大変早い。これを一課ずつ毎朝出勤前に三十分くらい朝霞のアパートの部屋で練習したのである。

電話の恐怖から立ち直るために、僕は必死だった。アパートの隣の部屋には、僕にネクタイの締め方を教えてくれた早稲田大学の学生が住んでいたが、彼は僕のシャドーイング訓練で毎朝安眠を妨げられたことだろう。申し訳なく思っている。

二ヶ月くらいでリンガフォンの五十課を終了した。そして、しばらくぶりにラジオのＦＥＮを聴いたのである。すると奇跡が起こった。ＦＥＮの言葉が明瞭に耳に飛び込んできたのである。これは、リンガフォンを用いたシャドーイング訓練のたまものだ、と僕は感激した。

このようにして、ある程度の聞き取る力はできたのだが、それでも聞き取りに関して僕の長い奮闘は続いている。

たとえば、アメリカなどに行って地下鉄に乗っていると、おそらく黒人の乗務員であろうが、彼らの訛りの強い英語の車内放送は聞き取りにくい。

英米の映画を見ても、登場する老若男女の速い会話を聞き取ることは容易ではない。

また、飛行場にいて、飛行予定変更の放送が流れ、周囲の人々が立ち上がってから、僕は初めて気が付くという具合で、一歩遅れているのである。

そのほか、聞き取り能力の不足で失敗したことは、数限りない。

聞き取り能力の向上は、まだ僕の課題である。最近、ソール・ベローの『ラヴェルスタイン』のカセット・テープ六巻を用いて、かなりの速度でシャドーイングの訓練をし、有益な文章の筆写も含めて『ラヴェルスタイン』を二十回ほど通読したが、まだまだ不備である。

英米の映画の台本を得て、老若男女の会話をシャドーイングすることが聞き取り能力の向上に有益であると思うが、まだそれは実践できていない。僕は怠惰である。

ここで思い出すことがある。それは、僕が中央大学の夜間部でお世話になった木内信敬先生の言葉である。「僕は、國弘正男先生の足元にも及ばないよ。何しろヒアリング能力がすごいからね」というお話だった。

木内先生には、ホーソーンやフィッツジェラルドの作品を教えていただき、また、木内先生にはジプシー研究に関するご著書があり、僕は深く尊敬していた。その尊敬していた木内先生が、そのようにおっしゃるのだから、同時通訳者でもある國弘先生の実力は本当にすごいものなのだろう。

のちに、國弘先生が司会を務めたNHKテレビの『トーク・ショー』でもそれを感じたし、また國弘先生の著作を読んでもそれを実感した。『トーク・ショー』には、米国のハンフリー副大統領や、未来学者のアルヴィン・トフラーや、英国作家のアイリス・マードックなど多くの著名人が出演したが、國弘先生はそうした方々に対して一歩も引かず、堂々と討論を展開しておられたのである。

ところが、ある時、僕は中央大学の同窓生たちと國弘先生の講演を伺い、驚いたことがある。國弘先生はおっしゃっていた。「僕はかつて米国で飛行訓練を受けたことがあってね。でもそれを途中でやめたんだよ。なぜかと言うと、管制官からの注意事項がよく聞き取れなかったからだ」と。

聞き取る能力を向上させることは、長い道のりである。それは、話すことや書くことや読むことについても同様である。焦っても仕方がない。過程を楽しみながら、一歩ずつ進んでゆくしかない。

「いまにわかるわよ」というスミスさんの明るい声が、今も僕の耳に響いている。

彼のことを**コマンダー・ボージャス**と呼んでいた。「コマンダー」と言えば、司令官である。本当に司令官だったのかどうか今となってはわからない。僕の事務所のすぐそばの部屋に住んでいた。軍務をこなしながら、上智大学の大学院に通っていたようだ。何を専攻していたのかはわからない。僕は当時、夜間大学に通っていたのに、コマンダー・ボージャスの専攻も訊ねなかったとは情けない。

彼はある日、基地内の売店から僕に『アメリカ史』十二巻とモック・ジョーヤの『日本事情』を買ってきてくれた。日米に関して同時に詳しくなるようにという彼の配慮と、こうした書物の選択に感心した。そして今日に至るまで感心し、また感謝している。

『アメリカ史』十二巻は、図版を多く含む子供向けの読み物であったが、文章はしっかりとしていて美しく、アメリカ発見から南北戦争を経て五十州の発展までを辿る胸躍る内容であり、僕は全体を二回通読した。退職後の現在、コマンダー・ボージャスの姿を思い浮かべながら、さらに読んでみよう。

八百頁に近い『日本事情』は初めのうちは一日一頁を読んでいて「そんなことでは何年かかるかな」とコマンダー・ボージャスに笑われたが、そのうちに速度が増して、一日五十頁の割合で読んで、ついに読了した。日本の伝統を知るために有益な本なので、今でも時折再読している。

『日本事情』の著者であるモック・ジョーヤは、優れたジャーナリストであり、『ジャパン・タイムズ』などへの寄稿を続け、四十年以上にもわたって書き続けた内容を大著『日本事情』にまとめたのである。日本の生活習慣や宗教や民話を含めて古き良き日本の事情が網羅されている。おそらく日本研究をしている外国の方々は、すべからくモック・ジョーヤの『日本事情』のお世話になっているのではないか。また、僕を含めて、日本で生まれ育った人でも、必ずしも日本に関して詳しいわけではない。特に海外に行ったときに、いかに自国に無知であるかを痛感させられる。退職後の日々を、ユダヤ研究とともに、意識して日本研究に用いる必要があるのではないかと思う。

コマンダー・ボージャスは、僕に読むことの重要性を、そしてアメリカと日本など、比較研究の大切さを、教えてくれた恩人である。

ある日、僕は夜間大学で指導を受けている木内教授に英語で書いたメモを送った。木内教授は、僕の文章を修正し返してくださった。級友たちは、「やあ、直されているよ」と僕をからかったが、そのメモをコマンダー・ボージャスに見せると、その内容に頷いてくれたようだった。

コマンダー・ボージャスは、背が高く俳優のようにハンサムな人だった。そして、頭の切れる人だった。

その後、コマンダー・ボージャスは、軍務を退役し、大学で教えていたのかもしれない。

黒人の**ジェイムズ・ローレット**さんと初めて会った時のことはよく覚えていない。おそらく彼は、僕が勤めていた宿舎管理部のカウンターにやってきて、僕と会話をしたのだろう。とても大きな笑顔で、声が大きく、元気な人だった。

初めて会った時から、しばらくして、ローレットさんは僕に日本語を教えてくれと頼んできた。日本や日本語に大変興味を持っているらしかった。そこで、僕が彼の日本語の練習相手になる代わりに、ローレットさんに英語を教えてくれとお願いした。

そうした約束で始めたのだが、実際、彼の猛烈な熱心さによって、日本語の会話が英会話を大きく上回ってしまった。彼のほうが何歳か年上であったし、身体は大きいし、きわめて精力的であったことで、僕は完全に彼に飲み込まれてしまったわけだ。

夜になるとよく彼の宿舎に行って、初歩的な日本語会話の手ほどきをしたものだ。やがて、熱心な練習によって彼の日本語はグングン上達したが、その過程で僕が費やした時間や精力も並々ならぬものがあった。

当時、僕自身、必死に英語を勉強しようとしていたし、夜間大学では英米文学の原書を読まなければならなかったし、社会学や文化人類学や心理学など、いろいろ学ばなければならないことが多く、時間のやりくりが大変だった。それに、このころは、すでに土曜の午後と日曜の午前中、原口塾で子供たちに英語を教えていたと思う。まさにフル回転の日々だった。当然ながら、休日はなかった。

原口塾にせよ、ローレットさんにせよ、僕の最優先事項の前に割り込んでくる要素が少なくなかったのだ。長い目で見て、これらが有益になっていることを願うしかない。

ローレットさんはやがて中古車を買って、僕と一緒に山間部の渓流へ釣りに行ったり、また若い兵隊二人と僕と四人で、大阪国際万博にも彼の運転で出かけたりした。万博では、ソ連の展示部で出会った女性案内役の容貌や訛りのある英語が妙に記憶に残っている。ローレットさんは、大阪までの往復を一人で運転したので大変だった。帰りには二人の若い兵隊は疲れて眠っていたが、ローレットさんは僕に「運転中にうっかり転寝をしないようずっと話しかけてくれ」と頼んだものだった。今では懐かしい思い出だ。

おそらくローレットさんは米国でも長距離運転に慣れていたのだろうが、それにしても、彼にとっては外国である日本において、中古車を購入してから間もなく大阪までの往復運転をこなしてしまうのであるから、たいしたものである。

ローレットさんは、僕に彼の貧しかった子供時代のことをよく話してくれた。黒人文学を少しは読んでいたとはいえ、ローレットさんが黒人としてどんなに大変な子供時代を過ごしてきたか、それは文学作品以上に、僕の胸にしみた。

日本語学習の熱心さからも想像できるように、ローレットさんは向学心が強く、努力して前進を目指す人だった。軍隊では大尉になっていたが、それも彼の努力のたまものだろう。

ローレットさんを通じて、僕は努力する黒人の姿を胸に刻み込まれたのだ。その後、僕は黒人文学ではなく、ユダヤ系文学を熱心に読むようになるのだが、逆境の中で努力を絶やさないという姿勢は、ユダヤ人にも黒人にも共通したものであるのかもしれない。もちろん、それはすべてのユダヤ人や黒人に当てはまるものではない。ちなみに、僕が結婚した愛子は、アメリカの黒人文学を熱心に読んでいる。

やがて、ローレットさんの奥さんや息子さんが来日し、彼は朝霞米軍基地の宿舎より板橋区成増のグラントハイツに引っ越した。ある時、原口先生や江村さんや僕は、ローレットさんに招待され、グラントハイツの小学校を訪れ、そのあとで彼のお宅にも伺うことができた。

小学校のクラスには二十五人位の生徒がいただろうか。初老の優しそうな婦人が教師をしていた。授業参観が終わると、僕は生徒たちの前に立たされて、いろいろ質問を受けた。ローレットさんの息子のキース君は、「火星人はいると思うか?」という様な質問をしたようだった。周りの生徒たちが、なぜかワーッとはやしたてた。子

「グラントハイツの小学校、江村さん、玲子ちゃん」

供たちが甲高い声で早口の質問をするのを聞き取るには苦労した。優しい先生がそばで助けてくれたので、元気で積極的な生徒たちの気分を壊さずに済んだ。実際は、僕が質問を受けるより、専任教員であった原口先生や江村さんが答えたほうが有益だっただろう。

小学校参観の後でローレットさんのお宅に招かれた。初めて会ったローレットさんの奥さんは、ほっそりとした美人で静かに話す人だった。精力的で豪放なローレットさんとは、対照的な感じがした。しかし、もしかしたら、あのしとやかな黒人女性も

「ローレット夫妻と息子のキース君、原口久江先生とおばあちゃん、玲子ちゃん、美咲ちゃん」

人生でいろいろな苦難を切り抜けてきていたのかもしれない。

ローレットさん一家は、やがて転勤に伴って、神奈川県座間にある米軍基地の宿舎に引っ越していった。僕は、二～三回その座間のお宅にお邪魔して、泊めていただき、朝になると元気な息子のキース君とサッカーのボールをけったりして遊んだものだ。キース君は、贅肉がなく、筋肉質のしなやかな身体をしており、蹴ってくるボールには力があった。その後、キース君は成長して、米国の海軍かどこかに入隊したそうである。さぞかし立派な軍人になったことだろう。

ローレットさん一家が帰国した時、僕や原口先生は見送りができなかった。実際、彼らの帰国を知らなかったのだ。ローレットさんたちもいろいろ忙しかったのだろう。飛行機ではなく、船で帰国したようである。ローレットさんはたまたまその船に乗り合わせた日本人に、原口先生のお宅の住所を託してくれた。そこでその方は帰国されてから、わざわざ原口家を訪問してくださったのである。

僕や原口先生は、中西部に帰ったローレットさんに手紙で連絡を取るべきだっただろう。

しかし、実際、当時の日々の雑用に追われ、延び延びになってしまい、結局、手紙を書かなかった。これも僕の悪い点である。深く反省している。ローレットさんたちや、せっかく原口家を訪問してくださった方に誠に申し訳ない気持ちでいっぱいである。

僕は今でこそかなり筆まめであり、たとえば、誰かから献本があった場合、それを受け取った日に、「はしがき」や「あとがき」や重要な章を読み、感想を書いて、その日のうちに礼状を送ってしまうことが多いが、当時は次々と押し寄せてくる仕事を処理するのに精いっぱいであり、どうしても遅筆になってしまうのであった。せめて当時、ワープロやパソコンがあったならば、状況が少しは改善されていたかもしれない。

ニーボーさんは、何らかの軍役で朝霞米軍基地に出張してきたのだろう。宿舎に泊まっていて、事務所のカウンターにいた僕とも会話する機会があった。

ニーボーさんは、自分はモルモン教徒であると話していた。僕はモルモン教徒と聞いても、あまりピンとくるものがなかった。モルモン教徒に関して、当時、僕が知っていたことは、コナン・ドイルのシャーロック・ホームズ探偵が活躍する『緋色の研究』くらいだった。あの物語の中では、戒律の厳しいモルモン教徒の共同体から恋人と共に脱出する男の紆余曲折が描かれていた。

モルモン教徒であるためか、ニーボーさんは米軍基地の人々の中でも一風変わっていた。酒を飲まないし、煙草も吸わない。どこかに女性と遊びにゆくでもない。コーヒーも飲まないと言っていたかどうか、今は定かではない。とにかくまじめな人だった。

ニーボーさんは、軍務の空き時間に、僕の話し相手になってくれ、また、ある時、原口塾まで出向いてくれた。原口塾では、二つのクラスで子供たちの相手になってくれ、黒板を使っていろいろ話してくれた後、『ヘイホー、ノーボディ、ホーム』という美しい旋律の歌を教えてくれた。短い歌なので、僕や子どもたちはすぐに覚え、合唱したり、輪唱したりして、大いに楽しんだ。

また、ニーボーさんは、子供たちを一人ひとりピアノのある別室に呼んで、個別インタビューをしてくれた。幼い子供たちにとって、これはどのような記憶として残るものだろう

「ニーボーさん、年長クラス、玲子ちゃん」

か。子供たちはそれぞれ英語のネイティブ・スピーカーと言葉を交わす体験をして、彼の前でピアノを弾いたりしたのだ。子供たちの中には、興奮で顔を真っ赤にした者もいた。まだ小学生だった子供たちにとって、これは大変な体験だったと思うが、反面、子供たちが柔軟性を発揮したことにも驚いた。その柔軟性によって、子供たちは大人にはまねのできない意外な言語能力を発揮することがあるのだろう。

子供たちとの勉強を終えて、原口先生が準備してくれた軽食とお茶をごちそうになりながら、ニーボーさんや僕はくつろいだひと時を過ごした。原口先生は気さくな人なので、外国の方ともすぐに打ち解けて、楽しい会話が発展した。奥さんを故国に残している単身赴任のニーボーさんもちょっと家庭的な雰囲気を味わったことだろう。

ニーボーさんが子供たちのためにこれほどの時間を使ってくれたことは、僕にとって感激だった。原口塾にとっても、英語を母語とする人が教えに来てくれたことは、ちょっとしたニュースになったことだろう。

僕はあとでニーボーさんにお礼をしたかどうか今は記憶が定かではないが、何らかで感謝の気持ちを示したと思う。

ニーボーさんが帰国してから、何回か手紙のやり取りがあった。その中で、ニーボーさんの奥さんは米国の小学校で教師をしているとわかったが、教室で生徒たちに日本のラジオ番組を聞かせたいという便りが届いた。そこで、僕はいくつかのラジオ番組をカセット・テープに録音してニーボーさんご夫妻に送ったのである。

僕のモルモン教徒に関する知識は、相変わらずシャーロック・ホームズで止まっているが、それでも言動が大変真面目なニーボーさんという人と人生のひと時を過ごしたことは、僕の記憶に長くとどまることだろう。

ニーボーさんご夫妻は、今でも米国で元気でいるだろうか。


朝霞米軍基地にドレスメーカーとして出勤している日本人女性がいた。**高橋さん**という人だったと思う。どのような契約で高橋さんが米軍基地で働いていたのか、わからない。いつ見ても、布を切ったり、服合わせをしたりしていた。

高橋さんとは、挨拶をしてわずかな言葉を交わすだけだったが、ある時、彼女はこんな話を持ちかけてきた。「ねえ、私の友達の娘で書道に打ち込んでいる少し変わった人がいるんだけど、会ってみない?」と。

その話は、青春の光と影を生きていた僕にとって、ちょっとした冒険のように思えた。書道に打ち込んでいるちょっと変わった娘、ということで好奇心をくすぐられたのだ。何しろ、僕自身が英語学習に打ち込んでいるちょっと変わった男だったからだ。

当時、たまたま交わっていた優しい顔をしたブルースという名の白人の兵隊とそのガールフレンド、そして東京国際大学で英語を学んでいた大学教授の息子だという井上君とそのガールフレンドがいた。そこで、彼らと一緒に、ダブル・デートならぬトリプル・デートを考えたわけである。

高橋さんが紹介してくれた女性は、確かに一風変わっていた。書道に打ち込んでいるという点では、僕の高等学校の同窓生である石毛千恵子さんを連想させた。また、この女性は、けっこう分厚い英語の原書を読んでいた。あれやこれやで、一般の女性と変わっていて、かなり知的な感じがした。容貌は、十人並みか、それ以下という感じだったが、知性の美がそれを補っていた。

一度、別の白人の兵隊とそのガールフレンドと一緒に彼女のアパートを訪ねる機会があったが、部屋はかなりきちんと整頓されていた。整理好きで、きれい好きな人だな、という印象を受けた。ただ、書道に打ち込んでいる証拠として、床のじゅうたんにはところどころ墨の跡がついていた。

彼女は英会話もできたので、一緒に行動していた六人は、英語や日本語のちゃんぽんでよく会話を楽しんだものだ。時には池袋のディスコに出かけて、踊ったりした。英会話ができ、英語の原書を読み、書道に打ち込み、しかもきれい好きである。容貌はあまりぱっとしないが、このような女性と一緒に暮らすのも面白いのではないかな、と僕は思った。

ところが、ある時、二人だけで駅までの並木道を歩いているとき、彼女は僕の年齢を尋ねてきた。それで、わかったことは、僕は彼女より年下だったのだ。彼女は言った、「てっきりあなたは私の年上だと思っていたけど、違うのね。私は自分より年下の人と一緒にはなれないわ」と。

彼女のそうした気持ちは、かなり強いようだった。物事に打ち込む人だから、その信念はなかなか揺るがないのだろう。彼女と駅で別れたあと、電話で話をしたが、彼女の思いは変わらなかった。

彼女の名前は、僕の日記の記録によれば、小山恵子さんだった。僕にとって、青春の光と影の一コマだった。

ドレスメーカーの高橋さんの姿もやがて米軍基地から消えていった。

ハーディ・バラックで出会った人々

オーデンさんは、僕が夜勤をしていた六本木のハーディ・バラックの事務所から廊下を隔てた反対側の事務所で働いていた。彼の事務所は、情報処理を扱っていたようである。彼は日本語が堪能であり、日本の警察署長のお嬢さんと交際していた。日本通であり、九州かどこかで日本の結婚式に招待され、しとやかな日本婦人と写真に納まったところを僕に見せてくれたりした。彼は付き合っていた警察署長のお嬢さんと結婚するつもりであり、僕に「お前は彼女がいないのか。早く結婚を考えろよ」と勧めてくれたりした。

ところが、ある時、大きな状況の変化が起こったのだ。なぜだかわからないが、彼は

「日本通だったオーデンさん」

安定職と思われた事務所の仕事を辞め、なんと英会話学校の講師になったのだ。なぜ彼がそのような職業選択をしたのかわからない。

当時、英会話学校の講師は、それほど憧れの対象だったのだろうか。収入がいいと見なされていたのだろうか。生活が安定すると考えられていたのだろうか。

オーデンさんが交際していた女性の父親である警察署長は、そのように思わなかった。英会話学校の講師などという将来のわからない男に自分の可愛い娘をやれないと言って、婚約を解消したのである。娘さん自身の意志がどうだったのかは、わからない。いずれにせよ、警察署長の娘は、オーデンさんにとって今や高嶺の花となってしまった。

皮肉なことに、その時までに僕は愛子と結婚を果たしていたのだ。オーデンさんは僕の事務所へ来て言った。「お前に結婚を勧めた僕が、いまはこんなことになってしまったよ」と。皮肉な運命の巡り会わせに対して、僕は言葉が出なかった。

あんなにハンサムで、人柄もよく、言語の才能もあったオーデンさんが、このように皮肉な状況に陥るとは、人生には何が起こるかわからない。オーデンさんはそのあとどうなったのだろうか。

それにしても僕は思う。英語を母語とする人々にとって、日本で英会話学校の講師をすることは、それほど魅力的なものなのか、と。

確かに、日本では、各大学や短期大学に英会話のクラスがあるうえに、英会話学校は方々で花盛りである。英語を母語とする人々にとって、英会話学校で職を得ることや、大学院で修士号を取って、大学の英会話クラスで非常勤講師として教えることは、容易であるかもしれない。その機会は、どこにでも転がっている、という感じであろうか。

しかし、身分は非常勤であることが多いだろう。仕事はあるかもしれないが、身分は不安定である。時間給は、日本人の非常勤より少し多いかもしれないが、それにしても、多くのクラスを教えなければ、妻子を抱えた生活を営めないだろう。

もし、毎日九十分クラスを四コマ教え、それを月曜から土曜まで続けるとしたらどうであろうか。僕は、かつて非常勤として週十六コマ教えていたことがあるから、その大変さを実感している。それも、ただ十六コマ教えるだけでなく、その準備や、小テストやリポート採点の時間なども含めると、なかなか重労働であった。

もし、週に十六～二十四コマも教えるとなったら、どうなるであろうか。真面目に取り組む場合もあるかもしれないが、やがてどうしたら体力の消耗を最小限にして、乗り切ってゆけるか、ということに関心が集中してゆくのではないだろうか。

その結果、英語を母語とする者でありながら、自分の喉を守るために、テープレコーダーをクラスに持参したり、あるいはできるだけ自分の体力を消耗しないようなクラス運営に走るかもしれない。実際、僕自身、そのような例を少なからず見ている。

このような講師に教わる日本の学生たちも気の毒である。学生たちは、クラスで省エネ活動をしているように思われる講師を尊敬できず、英会話クラス自体を軽視するようになるかもしれない。

そもそも英会話クラスとは、何を教えるクラスなのであろうか。「おはよう」、「元気ですか」、「さようなら」などという決まり文句を覚えるのであれば、それは英語にも日本語にもそうたくさんあるとは思えない。

会話とは、そのような決まり文句だけで成り立つものではない。各自が関心のある対象を、読書や実際の体験などを通して掘り下げ、それについて考え、自分の意見として話したり書いたりするものだろう。各自が異なる対象に関心を持ち、それを掘り下げ、興味深い考えを構築してゆく。それを互いに語り合うという多様性があるから、意思の疎通が楽しくなるのである。浅薄なことをさえずっているのでは、会話の意味がないだろう。

仮に浅薄な会話の内容を「教え」、それを週二十四コマも繰り返すのであれば、教えている講師自身の知的レベルは、どうなるのであろうか。「教育」を通して講師の知的水準は向上するであろうか。かなり疑問である。

そこで、講師自身が何らかの関心の枠組みを持ち、多くのクラス活動をそれに集約させてゆくような工夫が必要だろう。そのために、講義をしたり、学生たちに問いかけたり、学生たちに考えを話させたり書かせたりすることが有意義だろう。講師は、それらを集約して、一冊の本にまとめてゆくような努力が大切だろう。

本にまとまったら、次はそれをクラスの教材にして、講師自身はさらなる飛躍を目指すのである。それによって、講師の知的水準は上がり、それに伴って学生たちのレベルも上がってゆくかもしれない。

このようなことがない場合、英会話講師とは、仕事の内容の面でも、収入の面でも、それほど魅力的であるとは思えない。英会話講師を続けたとして、どのような将来が待っているのだろうか。

オーデンさんは、果たしてこのようなことまでよく考えたうえで、英会話の講師職を選んだのであろうか。なぜ安定していると思えた職場を去ったのか。聡明であると思えたオーデンさん、日本のいろいろな場所でもてはやされたオーデンさんは、英会話講師としても人気を得られると考えたのか。

その後オーデンさんはどのように生きたのだろうか。

オカモト大尉は、三世であり、歯科医として軍務についていた。彼は、僕の事務所によく来て、長話をするので困ってしまい、いちど僕が迷惑そうなそぶりをしたので、怒ってしまった。今になって、このことを反省している。話好きの彼から、もっと積極的に情報を得るように努めればよかったのだ。

たとえば、彼は僕にプラトンを読むように勧めてくれたが、その時プラトンの思想をいろいろ尋ねておくべきだった。また、アメリカで金銭に困って、車を売った話をしてくれたが、スタインベックの『怒りの葡萄』に絡めて、アメリカ人と車の関係を尋ねておくべきだった。なにしろ、『怒りの葡萄』は貧しい農夫たちの物語なのだが、アメリカでは貧しい農夫でさえ車に乗って移動しているではないか、という批判があるからだ。

さらに、アメリカの日系の歴史や生活に関していろいろ話を聞いておくべきだった。あとで僕はＡＡＬＡというアジア系アメリカ文学研究会にしばらく所属することになるのだが、その際にオカモト大尉からの情報はいろいろ役立ったことだろう。また、彼は歯科医になるまでには、日系としていろいろ努力をしたことだろう。そのような奮闘話も聞いておくべきだった。

要するに、長話をする癖のあるオカモト大尉を迷惑がらずに、彼から有益な話を聞き出すように努めればよかったのだ。僕は、目先の問題を処理することに汲々としていて、先を見る目がない。

タナカ大尉は、やはり日系であり、日本語も話せたのかもしれないが、僕とはもっぱら英語で話していた。彼は、アルバイトとして、日本企業かどこかで日本人に英語を教えていたようだ。

ある時、彼は僕にアルバイトで教材として使っている本をくれた。それは、「英語の語彙拡充」を目指す人のための教材であり、同意語や反意語に関する小テストがたくさん含まれていた。

せっかくもらった教材なので、僕は時間を見つけて少しずつ読み、小テストに回答していった。

僕にとって、中学校で英語を勉強し始めた時から、語彙の拡充は課題であった。

それなりに勉強して、高校生で実用英語検定の三級と二級に続けて合格したが、「さあ、次は一級だ」と意気込んで一級の参考書を開いた途端、目の前が真っ暗になった。第一頁に出ていた単語のほとんどを理解できなかったからである。当時は、二級と一級の間に準一級の試験はできておらず、二級と一級の間には、当然ながら、語彙の水準でも格段の相違があったのだ。

それから、僕の長い語彙拡充の苦闘が始まった。

苦闘の一環として、できるだけ読書をすることと並んで、僕は語彙拡充のためのノートを埋めていった。最初は、もっぱら単語を覚えるために何回も繰り返して書いていたが、やがて単語は文章の中でこそ生きるものだと思い、今度は文章を三回ずつ書き始めた。

次の段階では、読書中に感銘を受けて下線を引いておいた文章を選んで、それを三回ずつ書くようにした。この作業は、読書内容を深く読み込む助けにもなり、また、こうした筆写をしている間にいろいろな考えが連想として浮かんでくるので、それを該当するＵＳＢの小見出しに書き入れることもできる。

そうした小見出しがいっぱいになれば、それを編集して論文を書いたり、さらにその論文をまとめて単著を執筆したりできるのである。

僕にとって、こうした筆写の作業は大変楽しい。しばしば筆写と論文執筆を交互に行なっているが、それは互いに響き合う仕事であり、大変楽しい。

僕は、語彙拡充ノートを日に一頁埋めることをノルマにしてきた。ただ、それを毎日ゼロから始めるのではない。毎日ゼロから始めることは、心理的にかなり負担である。また、忙しい時や、体調が不良の時など、それはできなくなってしまう。そうなると、ずるずると語彙拡充の努力をやめてしまうことになるだろう。

そこで、僕は、先に先にと前もって数行ずつ書いておくことにしている。これによって、心理的な負担はかなり軽減されるのである。毎日無理なく楽しく語彙拡充を続けることが理想である。

僕は六十頁のノートを使用しているので、日に一頁をノルマとすると、一年に六冊のノートを埋めることになる。二〇一八年十月現在、ノートは二七七冊目である。

こうした語彙拡充の作業に熱を入れることになったきっかけを作ってくれたタナカ大尉に

深く感謝している。

ところで、実用英語検定一級の試験であるが、僕は何回も不合格の憂き目を見たあとで、夜間大学の四年生の時に遂に合格した。成績もそんなに悪くなかったと見えて、最優秀賞は当時日立に勤務していた方が受けたが、僕はアメリカ大使賞を頂いた。

しかし、一級に合格したからといって、それほど喜んではいられなかった。それは英語学習のほんの門口に立った、というくらいのことだったろう。なんとか英語の原書を読めるようにはなっていたが、文学作品の襞を感じ取るという心境には程遠く、それからさらに山あり谷ありの道が長く続いたのである。

ある時、ハーディ・バラックに**作家と称する男の人**が滞在した。その人の名前は残念ながら記録していない。当時の僕のアメリカ人上司ブラント軍曹の言葉によれば、「あの人の語彙はものすごく幅広い」ということだった。

僕が印象に残っているのは、その人の読書法である。僕の勤務していた事務所には、二段になった本箱が備えてあり、それには軽い読み物が詰まっていた。作家と称する男の人は、事務所にときどき入ってきては、その本箱から本を選び出し、二〜三時間するとその本を戻しに来て、また別の本を選んでゆくのである。そうしたことの繰り返しだった。

僕が、「本はいかがでしたか?」と訊くと、決まって「面白かったよ」と言う答えが返ってきた。

いくら軽い読み物と言っても、二〜三時間で通読できるはずはないのである。そこで僕は思った。もしかしたら、これが作家の読書法なのだと。

おそらく彼は、自分に関心のある領域を探し、その他の箇所は飛ばし読みをしていたのだろう。その読書法によって、作家として参考になる滋養を得ていたのだ。

そういえば、作家の池波正太郎さんが書いていた。「本をたくさん読んでゆくうちに、ここは大事なところ、ここは斜めに読んでいってもかまわないところと、おのずと勘でわかっちゃう。ノーマン・メイラーの作品でも、いくらアメリカの大作家のものだからって、必ずしも日本人の体質に向いているとは限らないわけだよ」(『男の作法』)と。

本の読み方にもいろいろあるのだ。それは、本の内容によっても違ってくるだろう。

当時、僕はソール・ベローやバーナード・マラマッドやアイザック・シンガーの作品をゆっくりと丁寧に読んでいたので、ハーディ・バラックで出会った作家の読書法が新鮮に思えたのだ。

今後、僕の読書法を工夫してゆくうえで、こうした作家の思い出を大切にしたい。

ラビ・ナトキンという人がときどき僕の事務所を訪れていた。当時、僕はすでにユダヤ系アメリカ作家バーナード・マラマッドやソール・ベローの作品を読んでいたが、ユダヤ社会における精神的な指導者としてのラビの役割には、まだそれほどの関心はなかった。今そのことを振り返ると、大変残念な気がする。ユダヤ研究に絶好の機会をみすみす逃してしまったのだ。

ただ、ラビ・ナトキンが大変勉強家であることは、未熟な僕にもわかった。何しろ常に本を読んでいたし、彼の話す内容は、周囲の将校や兵士の会話とは全く異なるものだったからだ。

そこで、ある日、僕はラビ・ナトキンに向かって言った。「よくお勉強なさいますね」と。すると、彼は答えた、「ラビが勉強しなくて、誰が勉強するんだい？」と。この反語的な答えは僕の耳に強烈に響いた。この言葉は、半世紀を経ても、まだ僕の耳に響いている。ユダヤ人はしばしば一つの問いに対して別の問いで応答すると言うが、これはその好例ではないか。

のちに僕は、アイザック・シンガーやハイム・ポトクやハリー・ケメルマンのラビ・スモール・シリーズなどを読んで、ユダヤ共同体の精神的な指導者としてのラビの役割を認識し、改めていかにラビが勉強家であるかを知り、深い感銘を受けるのだが、その基本的な体験は、ラビ・ナトキンとの短い会話だった。

ラビ・ナトキンは従軍ラビであったのだろう。米軍の中には多くのユダヤ系の兵士や将校が含まれていたであろうから。

「お前に贈り物を考えているんだ」とラビ・ナトキンは話していたが、ある時、彼は多忙な仕事の合間を縫って、僕の事務所にソール・ベローが編集した『ユダヤ短編傑作選』を持ってきてくれた。僕がソール・ベローのことを話題にしたのを覚えていてくれたのだろう。

この本の序文でベローは書いている。「あるがままの混淆を受け入れねばならない。その不純や悲劇や希望も含めてだ」と。米軍基地には、特に夜の宿舎には、物事の不純や悲劇や希望の混淆が、しばしば押し寄せていた。

ラビ・ナトキンの思い出も僕のその後のユダヤ研究を支えてくれたのだ。彼はその後どのような人生を送ったのだろうか。

ラビ・ナトキンとは別に、ある時、ハーディ・バラックに**ユダヤ教の信者たち**一行が泊まったことがあった。彼らは、おそらく戒律に厳格なユダヤ教正統派の人々だったのだろう。金曜夕方より土曜夕方にかけての安息日に、彼らはしばらく部屋を留守にした。渋谷の赤十字病院の近くにあったユダヤ教会堂（シナゴーグ）に安息日の祈りを捧げに出かけて行ったのだろう。

留守中に彼らの部屋に行ってみると、驚いたことに部屋の明かりが赤々とついていたのである。「消し忘れたのかな。電気がもったいないことだ」と思って、僕は消灯したのである。ところが、やがてシナゴーグより戻ってきたユダヤ教信者たちは僕の事務所へ来て言ったのである。「今日は私たちの安息日です。安息日には一切の仕事をしないことが、私たちの戒律なのです。電気の消灯も仕事と見なされるのですよ」と。

このような衝撃的な体験は、僕にユダヤ教の戒律をもっと知るように促した。そのためにはユダヤ聖書を毎日読むことである。あるいは、『ユダヤ教入門』のような書物に親しむことである。

これと関連して言うと、人をユダヤ系文学の研究に駆り立てる魅力は、その背景の奥深さである。単に文学作品を読んでいればいいというものではないのだ。歴史や宗教や商法など、学ぶべき関連分野は幅広く奥深いのである。それがユダヤ系文学の魅力である。

さらに言えば、ユダヤ聖書は、現世でいかに生涯を営むかという「人生の案内書」である。誕生、入学、卒業、就職、結婚、介護、退職などを経て、現世を去るまでの生涯学習や生涯運営計画を営むための指針となるものである。したがって、人は、ユダヤ系文学やその関連領域より学びながら、その要点を各自の生涯運営計画に集約してゆくのである。

ハーディ・バラックでは、もう一回、ユダヤ人との出会いがあった。今度は**ユダヤ人の夫婦**だった。二人はある寒い雨の夜に宿舎を求めてやってきた。天気の影響もあったのか、二人とも陰気な顔つきをしていた。特に夫のほうは、頬がこけて、暗い表情であった。人生がうまくいっていない、それもユダヤ人のゆえに不運が付きまとっている、という感じの表情だった。バーナード・マラマッドの作品に出てくるような人物だった。

僕は二人が宿泊の手続きをしている間、もっと同情的に振る舞って、心に残るような会話ができればよかったのだが、実際、僕も夜勤で疲れていたし、夫婦の陰鬱な気分が僕にも乗り移って、快活な会話ができなくなってしまった。

そのうちどういう具合で会話が発展したのか覚えていないが、夫婦とイスラエルに関して話し始めたのである。すると、夫のほうがエルサレムという言葉を紙に書いたのだが、よく見ると、エルサレムのつづりが間違っていた。

その時、僕は「ユダヤ人なのに、エルサレムのつづりを間違えるなんて」と思ったのだが、考えてみると、日本人でも大切な言葉のつづりを間違えることがあるだろう。

この夫婦の陰鬱な感じは、ずっと僕の記憶に残っている。自分がユダヤ人に生まれついたことを良く思っていない、それが人生に重く付きまとっている、したがって不満が多い。このようなユダヤ人も存在するのだ。それは、ユダヤ系文学にも描かれているが、実際、そうしたユダヤ人に出会ったのは、これが初めてであった。


フィリップ・バフィジスさんとは、ハーディ・バラックで偶然知り合った。当時、彼は軍関係の大学で教えていて、ハーディ・バラックに宿泊する機会があったのだ。

会話をしているうちに、彼がアメリカ文学の研究者であり、特にノーマン・メイラーを研究しており、メイラーに関して研究書を出版していることを知った。ちなみに、その研究書を、後に僕が勤務することになる青山学院大学の文学部教授である田中啓史さんが翻訳していたのだ。人生ではどこで糸がつながるか、わからないものである。

僕は、当時、大学院修士課程におり、ベロー、マラマッド、シンガーなどを好んで読んでいたが、メイラーに関しては『裸者と死者』、『バーバリの岸辺』、『夜の軍隊』を読んだくらいだった。メイラーについて興味があったなら、バフィジスさんともっと深い会話ができていただろう。

バフィジスさんは、ニューイングランドの寒村の悲劇を描いたイーディス・ウォートンの『イーサン・フロム』について、日本のある作家を連想する、などと言っていた。彼は一人の作家に与えるいろいろな影響について関心を持っているようだった。

そのうちにバフィジスさんの美しい奥さんも来日し、僕は夫妻を青山学院大学の大学院に誘い、また、星井君、万代君などの院生や、僕と結婚していた愛子を伴って、皆で酒を楽しみながら、大いに会話を盛り上げた時もあった。皆が楽しそうに笑っているその時の写真が手元に残っている。

「バフィジス夫妻、星井君、万代君、愛子」

また、バフィジスさん夫妻と築地の魚河岸に見学に出かけたこともあった。その帰り道、彼は教えている学生たちが必ずしも真面目に勉強していない状況を嘆いていた。奥さんが彼のそんな嘆きに対して、話題をそらそうとしていたが、僕は彼の気持ちに同情した。日本の大学においても、当時、「これが大学生か？」、と疑われるような人が少なくなかったのだ。

バフィジスさん自身は、苦学生として苦労した時代があったようだ。狭い部屋で暮らし、自分の血を売って生活していた時期さえもあったそうだ。そうした生活の中で博士論文を書いていたのだ。

バフィジスさん夫妻が帰国してから、便りの交換が二〜三回あったが、それ以降は残念ながら交信が途絶えてしまった。

今日、インターネットで検索すると、バフィジスさんは現在に至るまでノーマン・メイラー研究を含めてアメリカ文学研究者として活躍を続けているらしい。誠に喜ばしいことである。

「魚河岸を訪問」

ハーディ・バラックのアメリカ人上司たち

ハーディ・バラックで僕の最初のアメリカ人上司であった**シュミット軍曹**は、雑学が豊かで、話好きであり、好感のもてる人物だった。当時、ケネディ大統領の補佐官だった歴史学者のアーサー・シュレジンガー・ジュニアを僕が話題にすると、「学者や知識人が何を言うか」という態度だった。シュミット軍曹は、頭で物事を理解し、それをひねくり回すのではなく、体で覚えた知識を重んじる人だった。

彼は、読んでしまった雑誌やエロ本などをまとめて、よく神田の古本屋に売りに出掛けていた。僕にもそのような本を何冊かくれたが、僕は適当に読み飛ばしていた。

彼は退役する際、話していた。「帰国したら、肉体労働をするんだ。躰には自信があるからね。あまり人がやりたくない仕事だったら、いくらでもあるよ」と。

シュミット軍曹は、どちらかと言えば、下層社会で暮らしたかもしれないが、それなりに大勢の人に好かれ、精神的に豊かな生涯を送ったことだろう。

クラッツァー軍曹は、以前は大尉だったそうだ。軍隊で何か不都合なことをしでかしたらしく、格下げされたのだ。彼は、ヴェトナム戦争で地雷に触れ、片足を失くしていた。その意味では、気の毒だった。

彼のそうした状態に母性本能をくすぐられた日本女性が多かったことだろう。ハンサムでもあった彼は、多くの日本女性と交際し、次々と女性を変えていった。彼のために心身を捧げ、捨てられ、身を持ち崩していった日本女性は少なくないだろう。あたかも、ヘミングウェイの『日はまた昇る』で戦争のために傷害を負ったジェイクを連想してしまうが、ジェイクの場合、従軍看護婦であったブレットに誠意を尽くしていた。

いっぽう、クラッツァー軍曹の不実に悩む女性たちが、僕の事務所に来て長々と愚痴をこぼしていた。僕は聞いていて同情はしたが、このような男女関係は当事者同士の問題であり、僕などがそれなりの意見を言ったとしても、彼女たちはそれに聞く耳を持たなかっただろう。こうした泥沼の男女関係は本当に難しい。文学作品の泥沼を超える現実問題だった。

クラッツァー軍曹なりの悩みや生き方があり、彼と接触を持った日本女性たちもそれなりの考えや生き方があったことだろう。それぞれが彩りを発揮し、光と影を交錯させ、散っていった。

もう一人、大尉から軍曹へ格下げされたアメリカ人の上司**ブラント**がいた。格下げの理由はわからない。彼はそれなりに厳しい人生観を持っており、たとえば、体重が少しでも超過したと思えば、走ってすぐに減量していた。「身体を自分でコンロトールできない奴はダメだ」とよく話していたのが、印象深い。

また、彼はある時、宿舎に泊まっていた一人の客と大論争を展開した。両者の間に何らかの意見の食い違いが生じ、それを互いに大声で主張し合っていたのだ。その大論争は、僕の机の前で展開したのである。「英語とは、確かに抑揚（イントネーション）が大切なんだな」とその時、改めて痛感した。自分が主張したい点を、特に声を強めて発音していたのである。NHKラジオの『英語会話』で松本亨先生が英語のイントネーションの重要性をよく話しておられたが、これはまさにその生きた教材だった。

さて、二人は言うべきことを言ってしまうと、後はさっぱりしていた。気持ちよく仲直りして、さあ、一杯やろうじゃないか、という感じだった。言いたいことを口にも出さず、長いことうじうじと悩む場合もあると思うが、このようなさっぱりとした問題の対処法もあるんだなあ、と僕は感心してしまった。

ある時、ブラント軍曹は、「この作者の作品はたいてい面白いんだが、これはいまいちだから、お前にあげるよ」と言って、僕にジョン・ハーシーの『壁』を手渡してくれた。ホロコーストの期間中、ワルシャワ・ゲットーに閉じ込められたユダヤ人たちの苦闘を描いた作品だ。本の扉を見ると、そこに「松本亨蔵書」という印が押してあった。松本亨先生が手放した本が、めぐりめぐって、ブラント軍曹へ、そして僕の手に渡ったのだ。世の中の糸のつながりは、おもしろいものだ。僕は、かなり時間をかけて、その分厚い作品を読み、あとで論文を書く際にそれから引用したのである。

マーチ軍曹は、僕にとって唯一の黒人の上司だった。彼は黒人として、それなりに苦労をしてきた人かもしれないが、日本人従業員に対して優しかった。「僕の冷蔵庫の飲み物を好きなだけ飲んでいいよ」と言ってくれた。仕事はそつなく、淡々とこなしている感じだった。特に優秀であるという印象は与えなかったが、性格は穏やかで善良であり、組織の中で円滑に機能してゆく人物であった。

僕がこれまで出会った黒人の中で、最も優秀で、向上心が強く、積極的に生きていたのは、ローレットさんだった。

マーチ軍曹に関しては、クリスマス・パーティなどいろいろ思い出はあるが、彼は日本での任務が終わると、さわやかな印象を残して、去っていった。

ホロコーストよりヴェトナムへ

僕は、ヴェトナム戦争が激しかった時代に、在日米軍基地で勤務していたのだ。特に朝霞米軍基地には、負傷兵を受け入れる病院があったので、僕はそこで戦争の影を垣間見る機会を得たわけである。

たとえば、天気の良い日に、病院の外の芝生で、数名の黒人負傷兵が日向ぼっこをしていた。僕が近づくと、彼らは僕に話しかけてきて言った。「日本はなぜこんなに平和なんだい?」

僕の事務所のそばでよく玉突きをしている若い兵隊がいた。当時は、ケネディ大統領と弟のロバート・ケネディ司法長官が相次いで暗殺された暗い時代だった。普段は明るいその兵隊も顔を暗くして言った。「これからいったいどうなるんだい?」

僕が日本語を教えていた黒人のジェイムズ・ローレットさんが、ある日、僕の事務所に病院の制服のまま、やってきた。見ると、彼の袖には血がこびりついていた。病院での手術のあとで立ち寄ったのだろう。

このように、ヴェトナム戦争に関して、僕はあくまで「間接的な目撃者」の立場でしかない。

それは、たとえば、ホロコーストや、広島や長崎への原爆投下に関しても同じだ。ホロコーストに関して、僕は、ユダヤ系文学研究の一環として、一九八六年頃よりホロコースト文学を読んで、論文を書き、二〇〇九年に『ホロコーストの影を生きて』という本にまとめたが、それはもちろん、「間接的な目撃者」の立場からであった。

一九九二年に、僕は英国で開かれたホロコーストの記憶を意図する国際会議に参加した。日本からは、僕のほかに、献身的にユダヤ研究を継続している広瀬佳司教授や高坂誠教授も参加していた。僕たちは、講演やシンポジウムを聴き、エリ・ヴィーゼルやマルティン・ギルバートの特別講演に耳を傾け、ホロコースト生存者や研究者たちと交わった。

その会議で、僕はレジネ・バーシャクさんという初老の女性と知り合いになった。彼女は会議でたまたま僕の隣に座っていて、メモを取っている僕に話しかけてきたのだ。「きれいな字ね。何を書いているの？」字がきれいだと褒められたのは、これが初めてのことだった。

あとでわかったことだが、バーシャクさんはフランスからホロコーストを逃れ渡米した経験の持ち主だった。彼女の英語には明らかな訛りがあったが、非常に積極的な人であり、英国の有名なホロコースト研究者であるマルティン・ギルバート教授の特別講演の折にも、臆することなく真っ先に質問していた。また、彼女は、米国へのホロコースト難民の受け入れ研究で名高い歴史家のデイヴィッド・ワイマン教授とも親しく交際していたのだ。

国際会議でたまたま隣同士になったに過ぎないのに、バーシャクさんとの交わりは思いがけなく発展した。透析治療を受ける前の僕は、毎年、リュックサックを担いで海外を旅行していたので、ボストン郊外のバーシャクさんの三階建のお宅にも三回ほど泊めていただき、恵まれない人々の世話をしている弁護士であるご主人のエドワードさんにもいろいろ親切にしていただいた。ご夫妻と英国を旅行したこともあったし、バーシャクさんが団体旅行で来日した折に、僕と愛子はバーシャクさんの観光のお供をしたりした。

ユダヤ研究で名高いブランダイス大学を、ご主人の運転で、また、ご主人が作ってくれた弁当を持って、バーシャクさんと訪れたことを含めて、バーシャクさんとの思い出は多いが、その中で印象深いことを書いておきたい。それは、二人でお宅の近所を散歩しているときだったが、たまたま生えていた林檎の木から実が一つ道路に落ちていた。バーシャクさんは、それを拾い上げると、服で実をこすって、食べ始めたのである。

また、のちに聞いた話であるが、息子さんの運動会の際にも、バーシャクさんは会場に落ちていた物を拾って食べたそうである。「や～い、お前の母さん、落ちている物を拾って食～べた」と、息子さんは級友たちにからかわれたそうだ。

これは、バーシャクさんがホロコーストの期間中、飢餓などを体験したことを表しているのだろう。

バーシャクさんとの手紙のやり取りも頻繁に続き、それはファイル帳を膨らます量に達した。国際会議で隣同士になっただけの契機であったが、豊かな交わりへと発展したことに対して、バーシャクさんご夫妻に深く感謝している。

また、バーシャクさんを通じて歴史家のデイヴィッド・ワイマン教授より『書類の壁』や『ユダヤ人を見捨てて』など、署名入りのご著書を頂いた。僕はワイマン教授のご著書を三冊ほど丁寧に拝読したが、定年退職後、その中で下線を引いた文章の筆写をしながら、そのうち論文をまとめてみたい。

「国際学会で出会ったバーシャクさん」

「バーシャクさんご夫妻」

バーシャクさんの場合と同様、『ホロコーストの子供たち』、『音楽は語る』、『ジョー・パップ』などの著者であるヘレン・エプスタインさんとの交わりも、ささやかなことから発展した。実は、ホロコースト生存者の娘であるヘレン・エプスタインさんも僕たちが参加した国際会議の初日に特別講演を行なっていたのだが、あいにく僕は時差ぼけのためにホテルで寝過ごしてしまったのだ。情けないことである。

その後、バーシャクさんよりヘレン・エプスタインさんの住所を送ってもらい、エプスタインさんに僕のEメール・アドレスを含めた手紙を送った。そして、二人は、交信を始め、ある時、僕はニューヨークやボストンに国際交流委員として出張した折に、ヘレン・エプスタインさんに直接お会いする機会を得たのであった。

お会いする時までに、僕は『ホロコーストの子供たち』の注釈書を出版し、エプスタインさんの五冊のご著書を丁寧に読み、それを論文にまとめてあったので、実のある会話が発展した。その日にあいにく鉄道事故があったのだが、十分に余裕をもって出かけていたので、ボストンのホテルで予定通りにエプスタインさんと合流できた。彼女は、僕の注釈書を手に持って、約束の場所で待っていてくれた。多くの時間と距離を経て、こうして二人が無事に出会えたことに感謝した。

のちにエプスタインさんのご主人が、国際経営コンサルタントとして来日した折、僕は青山学院大学などで半日を共にしたが、好奇心の強い方で、「なぜ、なぜ」という問いかけが止むことがなかった。ちなみに、ご夫妻は合わせて十一ケ国語を話すそうである。

さらにあとになって、ご夫妻の次男であるダニエル君が大学卒業記念のアジア旅行に出かけた際、青山学院大学の僕の演習にも立ち寄ってもらった。エプスタインさんは、「ホロコーストのトラウマは、その子孫にまで及ぶ」（『ホロコーストの子供たち』）と指摘しているが、ダニエル君の話の中にもホロコーストへの言及があった。

それは、広島や長崎に投下された原爆のトラウマでも同じではないか。ジョン・ハーシーの『ヒロシマ』、井伏鱒二の『黒い雨』、井上ひさしの『父と暮らせば』、井口十郎の『蝉時雨』などを読んでも、そのことを感じてしまう。

「ヘレン・エプスタインさん」

そして、さらにそれはヴェトナム戦争の場合でも同様ではないか。

僕は、細かい状況は覚えていないが、これもふとしたことで、ヴェトナム戦争の良心的徴兵拒否者であるロバート・ノリスさんと知り合いになった。彼には、『遥かなる日本への旅立ち』、『囚われ』、『夏を探して』などの著作があるが、僕は青山学院大学のクラスで学生たちと『遥かなる日本への旅立ち』を数回読んだことがある。

ノリスさんは、のちに僕たちが研究活動をしていた日本マラマッド協会に参加してくれ、講演をし、共著執筆にも参加してくれた。彼は、福岡の大学で教え、同時通訳をしている日本女性と結婚したが、ヴェトナム戦争当時の苦労やその後の放浪がたたったのか、今では難病を抱えながら、執筆活動を続けている。ちなみに、難病と執筆という点では、僕も同じだ。

ノリスさんの世代は、何ら保証を与えてくれない世界で、人生の初期に重要な決定をしなければならなかったのだ。ノリスさんの場合、それは「不正である」と信じるヴェトナム戦争への徴兵を拒み、良心的徴兵拒否者となって、監獄へ入ることであった。軍の法廷で裁判を受けた折、彼は言葉の重要性を認識し、将来は「作家になろう」と決意するのである。そこで、ヘンリー・ミラーやマルカム・ラウリーに惹かれ、働きながら必死に作家修行に励む。

軍では「不適格者」と烙印を押され、社会では「臆病者」と呼ばれる苦難をしのび、もはやアメリカに所属していないと痛感する。そこで、混乱した自己を鍛え直し、アイデンティティや生きる場所や将来の職業を目指してヨーロッパを、インドを、イスラム圏を放浪し、最終的に日本に辿り着くのである。彼は、創作を通して、自らが落ち込んだ混沌や狂気より何か有意義なものを見出し、それを世の中に還元したいと願う。

彼が放浪の過程で経る悲惨なインド体験は、彼にとっていわばヴェトナム参戦の代わりをなすものであったと言えよう。自分に押し付けられた「不適格者」や「臆病者」の烙印を払拭する意味で、汚濁や混沌やハンセン病患者にまみれた彼のインド体験がある。

良心的徴兵拒否者の牢獄・放浪体験を伝える『夏を求めて』や『遥かなる日本への旅立ち』の最後では、奮闘の結果、主人公は、「これだけは達成できた」という高揚感に到達している。三作目の『囚われ』の主人公ハーランには、ヴェトナム戦争の影や、インドで目撃した悲惨な状況のトラウマが付きまとう。彼は、冷たい外貌を崩さず、愛という言葉を信用できない。酒に浸り、部屋は散らかし放題である。

それでも彼は執筆活動を通して、過去の悪霊を払いのけ、過去の体験を何らかの価値あるものに還元したい、という願望を捨てていない。

いっぽう、彼と交わる良子は、主人公の女性版のようである。娘時代に肉親によって身体を汚されたという悪夢に縛られ、多くの男性遍歴を重ね、自殺未遂を繰り返し、アルコールにも依存している。

しかし、彼女もカナダ留学中に大けがをした結果、人生の些事にさえ感謝する気持ちを取り戻し、やがて結婚し、息子の成長に喜びを抱く大人へと変貌してゆくのである。

四作目の『夏に迫る秋の影』が示唆するように、ノリスさんにとって「遅咲きの人生」は避けがたいものだが、自己探求の旅で知り合った人々より生きてゆく方向性を探り、病気や不運が伴う人生を経て、最後には居心地の良い場所に到達できるであろうという望みを捨てていない。

「日本マラマッド協会の会員とロバート・ノリスさん」

いっぽう、ヘレン・エプスタインさんを含めて「ホロコーストの知識を抱いて成長した若いユダヤ系アメリカ人たちは、自分たちの国がヴェトナムでヒトラーのごとく振る舞っていることに愕然とする。彼らにとってホロコーストが新たな意味を帯び始め、彼らは戦争を生む社会体制を批判する行動に走るのである」(ハワード・サチャー『アメリカのユダヤ人の歴史』八〇五)。

こうして少数派であったユダヤ系を中心として対抗文化が渦巻いた一九六〇年代において、「ユダヤ系の若者たちはホロコーストの影を引きずり、豊かさと破滅の狭間で生きながら、その世代の声となり、歴史を作ろうとしていた」(トッド・ギトリン『六〇年代アメリカ――希望と怒りの日々』)。

彼らの国アメリカは、一面で黒人に対して隷属を要求し、インディアンに対してジェノサイドを行っていた。さらに一九六五年から六七年にかけてヴェトナム戦争が激化し、民主主義擁護の名のもとに行なわれる蛮行は、ナチスのガス室における冷酷な大量殺人にも匹敵した。

米軍は、第二次大戦全体で投下した爆弾の四倍強をヴェトナムに落としていたのである。一九七一年以降には、陸海空軍兵士による反戦運動すら起こった。「ホロコーストよりヴェトナムへ」至る動きの中で、少数民族の公民権、女性の権利、環境保護、反戦などを唱える動きが、まとまった運動のうねりとなってゆくのである。

ここでは、こうした動きに沿って、ユダヤ系女性作家スーザン・フロンバーグ・シェーファーを取り上げてみたい。彼女の二作品、すなわち、第二次大戦中のゲットー、強制収容所、そしてアメリカへの逃避行を跡付ける『アンヤ』と、イタリア移民三世のヴェトナム戦争のトラウマ克服を描く『水牛の午後』に表わされる「ホロコーストよりヴェトナムへの軌跡」を辿ってみたい。

シェーファーが巨大な歴史の渦、ホロコーストやヴェトナム戦争に巻き込まれた個人の体験を辿ってゆくことは、ロバート・ノリスさんの場合も同様である。

主人公アンヤによる一人称の語りによって、冒頭でホロコーストの回想が語られるが、それ以降はポーランドでのアンヤの生活、彼女の医師修行とユダヤ教ハシド派男性との結婚、ゲットー、収容所、難民生活、アメリカへの移住という流れが見られ、その中でフラッシュバックや主人公による思索は乏しい。それは、たとえば、フラッシュバックを多用し、思索的な人間を登場させるソール・ベローとは対照的である。

シェーファーは、時間の流れを辿ってゆく大作を発表しているが、そこでは読者に長編を飽きずに読ませ、多岐にわたる人生を追体験させるべく、もろもろの創作技法を織り込んでゆくのである。大作であっても、登場人物のリストを作成し、時間の流れを辿って内容を要約してゆけば読みやすいが、フラッシュバックや主人公の思索に乏しい状態であり、それが人生の現実を克明に照らし出しているかと問うならば、疑問が残るかもしれない。

紆余曲折を潜り抜けた戦後、五十二歳になったアンヤは過去を振り返り、亡き母との想像の対話をすることが増えてゆく。そうした状況でホロコースト生存者に特有のトラウマがアンヤにも顕著である。彼女は、悪夢より解放されず、恐るべき記憶を抱えて余生を送らねばならない。

いっぽう、シェーファーは、『水牛の午後』では、大きなキャンバスにヴェトナム戦争の悲惨な状況を埋め込んでゆく。そこには神秘的な傾向も挿入され、最終場面では生者と死者の融合が見られる。イタリア系移民三世代の奮闘、主人公ピートのヴェトナム参戦とそのトラウマ、紆余曲折の果てにピートが立ち直ること、がこの作品の特質と言えようか。ピートは十七歳で家族と別れ、軍隊に志願し、ヴェトナムで人生をやり直したいと思う。その思いは単純であり、そこには、ロバート・ノリスさんを悩ませた戦争の是非を問う思考は窺えない。

一年間に限られたヴェトナム滞在であるが、初日で早くもピートは多くを目撃することになる。兵士たちの残飯をあさる現地の人々、犬猫や子どもや椰子の実にまで仕掛けてある爆弾、少しでも怪しまれると撃たれてしまう恐怖。そこで自然死を迎えられる人は皆無であり、母の慰め言葉「明日があるわ」は、恐怖しかもたらさない。

戦場では、その恐怖が人を行動へと駆り立てるのである。やがてピートたちは、殺された人の頭を平気でボールに代用し、サッカーに興じる。いっぽう、敵をナパーム弾で数時間にわたって攻撃すれば、周辺の生物がすべて死に絶えてしまう。また、爆撃付近にいた子供が籠を持って近寄ってくるのを怪しみ、その頭を撃ってしまう。

斥候に出かける密林では、時間感覚が薄れがちである。蚊を避けないと、マラリヤに冒され、鰐や毒蛇にも気をつけねばならない。夜は周囲に地雷を仕掛け、穴を掘って眠るが、蛭はどこにでもいる。また、暑さの中で蚊に悩まされ、鋭い竹笹に身を切られながら、暗い密林を長時間歩くのである。

突如、大勢の敵が地雷線を突破し、基地に侵入してくる。朝になってまさに崩壊に瀕していたことを悟るのである。死体に蠅や鼠が群がり、ひどい悪臭が漂う。ばらばらになった大量の死体をブルドーザーで片付けても、その悪臭は消えない。

ピートは、ヴェトナム民衆が米軍に友好的であるとは思えず、いっぽう、軍隊が兵士を実験台にして武器の性能を試し、ゲリラ戦を続行させていると疑い、将校に対しても批判的である。

ところで、この作品では、大量殺人に交じって動物の犠牲が、ある意味では人の死よりも鋭く、読者の胸に焼き付けられてゆく。

たとえば、ヴェトナムの村落を焼き払った後、兵士たちが豚を生きたまま火中に投下するが、その悲痛な叫びがピートの耳からなかなか消えない。

また、戯れに兵士たちは猿を縛ったまま放置するが、爆撃後にそこには肉塊と血痕しか残らない。

さらに、ナパーム弾の波状攻撃によって、周辺の生物は、蚊や蟻や蛇を含めて最後の一匹まで死に絶えてしまう。

人だけが特別の存在であり得ようか？　とピートは問うのである。

ちなみに、ヴェトナム戦争の時代に環境保護を訴えたレイチェル・カーソンの『沈黙の春』において、最も心に残る場面の一つは、農薬空中散布後の雨で生じた水たまりで、無心に水浴びをする小鳥たちの姿である。

ピートは、一年後にヴェトナムより生還しても、蝿を殺すことができず、蛙のために車のブレーキを踏み、また、密林にはなお多くの地雷が埋められ、動物たちがその犠牲となっていることに心を痛めている。

もし戦争がなかったならば、ヴェトナムは観光に適した国であろう。バナナや椰子の実がたわわに実り、窓の下に広がる美田には稲が育ち、水には魚が豊富である。鳥は、水牛の背中に止まって虫をついばむ。ヴェトナムの少女は、昆虫や蟹を味わっていた村落の生活を懐かしむが、彼女が十二歳のとき戦争が勃発するのである。水牛が仕事から解放される水牛の午後に、家路をたどっていた彼女の目の前でかわいがっていた水牛が白人兵に殺されてしまう。水牛は倒れる寸前に彼女をじっと見つめ、彼女は水牛が自分の身代わりになってくれたのだと思う。ここで乙女の人生は幕を閉ざされ、かつて感じていた世間に対する信頼は薄れてゆく。

さて、生還したピートは、ロバート・ノリスさん同様、アメリカに所属感を覚えることができない。生存者は、ヴェトナムにせよホロコーストにせよ、極限状況における体験を聴き理解してくれる人を探すことが困難である。

ピートは、いわば地雷原に立ち続け、それが爆発しないよう祈るような生活を送っている。しかし、たとえ回復に時間がかかろうとも、紆余曲折の人生をそれなりに愛し、水牛の午後のようにゆったりと歩み、収穫を持ち帰るときがいつかは訪れるであろう。

アンヤ、ピート、そしてノリスさんは、極限状況を潜り抜けた生存者たちである。彼らにとって、体験を伝えようとする気持ちが、生きることを促す要因であろう。彼らは記憶し記録することによって体験を集約しており、そうした記憶の集積が、歴史の過程で同胞に影響を及ぼしてゆくだろう。

シェーファーの場合は、ホロコーストよりヴェトナムへの軌跡を辿ろうとした一つの例である。『水牛の午後』には、ヴェトナムやホロコーストに加え、広島や長崎への原爆、日系アメリカ人収容所も言及されている。

歴史家のハワード・サチャーは問う、「ユダヤ人はユダヤ教を含めた精神修養によって存続してきたのである。それでは、ホロコースト研究によって得られるものは、果たして永続的な内容であろうか。また、ホロコースト研究によって何らかの光が見えるであろうか」(『アメリカのユダヤ人の歴史』八四七）と。

振り返れば、米軍基地内で「日本はどうしてこんなに平和なんだい？」と尋ねた黒人負傷兵たち、ヴェトナムで片足を失ったクラッツァー軍曹、勤勉な黒人のローレット大尉、日系のタナカ大尉、ベロー編『ユダヤ短編傑作選』を贈ってくれたラビ・ナトキンなどの面影が浮かんでくる。彼らの思い出が、僕にホロコーストからヴェトナムへの流れを意識させ、あくまで「間接的な目撃者」として、ノリスさんやシェーファーの作品を読む動機となったことを確認しておきたい。

あとがき

『青春の光と影　在日米軍基地の思い出』を僕なりに綴ってきたが、振り返ると、本当に慌ただしく過ごした時期だった。

一つ一つの体験をじっくり味わっている暇はなかった。ただ、次から次へ押し寄せる事柄を慌ただしく処理しているばかりだった。

自己管理や時間管理の大切さを、当時も意識していたし、それをある程度は実践しようとしていたのだが、僕の処理能力を上回る「すべてにおいて多すぎる事柄」があった。

現在、それを書くことによって、改めてそれをゆっくり味わっているということである。換言すると、それをもう一回生き直しているという感じである。

村上春樹さんは書いている。「人は時間を休みなく消費しながら、それと並行して、意識によって調整を受けた時間を休みなく再生産してゆく」（『1Q84』Book1　後編二八一）と。まさにその通りだろう。僕がここで書いてきた内容は、「意識によって調整を受けた時間」だ。僕はそれを噛みしめて味わうことによって、退職後をいかに生きるか、いかに最期を迎えるか、について何らかの有益なヒントを求めているわけだ。

時間は誰にも平等に一日二十四時間与えられているが、人によってその時間の質は違うだろう。実際、人は時間の質を上げようと努力しなければならない。時間の質を上げるためには、記憶の質が問題になるだろう。

『楽しい透析　ユダヤ研究者が透析患者になったら』に続いて、『青春の光と影　在日米軍基地の思い出』を綴ってきたが、僕にとっては、書くことによって、また、それを何回も読み直すことによって、慌ただしく過ぎ去った日々を丁寧に生き直しているという感じである。その過程で、お世話になった方々に改めて深い感謝の気持ちを捧げないではいられない。

ところで、僕は、本書の中でラビ・ナトキンの思い出を書いたが、次の段階として、それを発展させ、ユダヤ教の精神的な指導者であるラビに関して少し掘り下げてみたい。それがどういう意味を持つのかは、それを書いている過程でいろいろ見出してゆきたい。いずれにしても、それがユダヤ系文学を掘り下げてゆく一環になってくれることを願う。

定年退職後、雑事に追われて人生を終えるようではどうしようもないので、日々の生活を何かに集約しなければいけない。

その集約という意味で、生涯の記憶に残る体験を本にまとめてゆくことは無意味ではないだろう。本にまとめることが目安になり、その目安を達成するために今日は何をすべきか、という逆算方式で生きることになる。

一般論として、何をするにせよ、人は目安を持って生涯を送ったほうが効率的だろう。目安を持って、その目安に到達するために、今日は何をしたらよいか、という逆算方式である。これによって、たとえささやかでも、今日は目安に向かってこれだけ達成があったよ、と感じて一日を終えることができれば、それは生きがいになるだろう。

ところで、村上春樹さんの『1Q84』において主人公の天吾は、予備校で週三日教え、残りの潤沢な時間を朝から晩まで執筆に当てている。

また、コンコードのウォールデンの森で簡素な生活を営んだ十九世紀のアメリカ作家ヘンリー・デイヴィッド・ソローは、「一年に六週間ほど働けば」簡素な衣食住を賄えるので、残りの豊富な時間を自然観察や思索や執筆に当て、四十四歳の短い生涯ながら、驚くべき成果を残したのである。

天吾にせよ、ソローにせよ、うらやましい限りの知的生活を送ったわけだが、考えてみると、定年退職した人は、天吾やソローより自由時間に関して恵まれているかもしれない。問題は、退職後に残された体力や気力、そして行動の目安である。目安を持ち、それに到達するために、今日は何をすべきか、という逆算方式で生きるしかない。それが、最期を迎える大切な準備になるだろう。

本書の出版を快諾された大阪教育図書の横山哲彌社長、そして本書の内容を細かく検討され、体裁の統一などの複雑な仕事を効率よくこなしてくださった編集スタッフに心よりお礼を申し上げます。

著者紹介

佐川和茂（さがわ・かずしげ）　一九四八年千葉県生まれ。青山学院大学名誉教授

著書に『楽しい透析　ユダヤ研究者が透析患者になったら』（大阪教育図書、二〇一八年）、『文学で読むユダヤ人の歴史と職業』（彩流社、二〇一五年）、『ホロコーストの影を生きて』（三交社、二〇〇九年）、『ユダヤ人の社会と文化』（大阪教育図書、二〇〇九年）。共編著書に『ホロコーストとユーモア精神』（彩流社、二〇一六年）、『ユダヤ系文学と「結婚」』（彩流社、二〇一五年）、『ユダヤ系文学に見る教育の光と影』（大阪教育図書、二〇一四年）、『ゴーレムの表象——ユダヤ文学・アニメ・映像』（南雲堂、二〇一三年）、『笑いとユーモアのユダヤ文学』（南雲堂、二〇一二年）、『ユダヤ系文学の歴史と現在——女性作家、男性作家の視点から』（大阪教育図書、二〇〇九年）など。

『青春の光と影　在日米軍基地の思い出』

2019年1月23日　初版第1刷発行

著　者　　佐川 和茂
発行者　　横山 哲彌
印刷所　　岩岡印刷株式会社

発行所　大阪教育図書株式会社
〒530-0055　大阪市北区野崎町1-25
TEL　06-6361-5936
FAX　06-6361-5819
振替　00940-1-115500
email=info@osaka-kyoiku-tosho.net

ISBN978-4-271-90011-5 C0195 落丁・乱丁本はお取り替えいたします。